猫教授の物語帳 —— 三浦屋の玉ちゃん

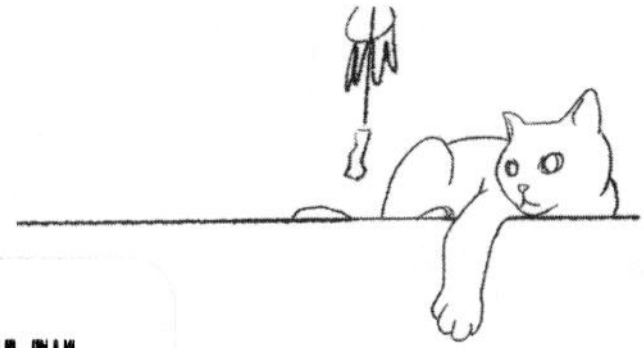

猫教授之故事帳——三浦屋的小玉

柏菲思 著／A.P. 繪、譯

《猫教授の物語帳——三浦屋の玉ちゃん》解說

◎玉田誠
日本推理小說評論家及翻譯家

サスペンス、本格ミステリ、そして青春小説と様々なジャンルを越境して鮮烈な物語を生み出してきた作者の新作は、日本の江戸を舞台とした時代小説——と聞けば、おどろく読者も少なくないのではないか。もっとも、巧緻な仕掛けによって登場人物たちの悲哀を描きだした傑作『強弱』の作者のこと、本作もまた一筋縄ではいかない企みに満ちている。

物語のヒロインは、江戸の遊郭・三浦屋の花魁、薄雲。彼女は無類の猫好きで知られ、愛猫・玉との逸話は招き猫の由来として巷間に伝えられている。本作で語られる薄雲と玉についての物語の大筋は、矢田挿雲が大正時代に「報知新聞」に連載した『江戸から東京へ』の「薄雲太夫と招き猫」などに記されている通りである。この薄雲と玉の物語をもとに、香港在住の日本人・根古一生が書いた小説——というのが本作の体裁で、作中において、三浦屋における薄雲と玉の顛末をある遊女が禿に語り、そこからさらに伝説的な花魁・高尾太夫との逸話が紡がれていく。

この重層的な語りによって、作者は、遊郭という制度に囚われた遊女たちの生き様を、ときに美しく、またときに酷薄に描き出していく。

『嗜殺基因』における血縁、『孤島教室』における遭難先の孤島、さらには『強弱』における学校制度など、登場人物たちの有り様に様々な縛りを設けて、そこから社会批判も交えた物語を展開していく作者の眞骨頂は、本作にも健在である。外から見ると一見華々しく映る遊女たちの生活は、遊郭という閉鎖空間と様々な決まり事の上に成立しているものだ。遊女から禿へと語り継がれていく物語の存在意義は、遊郭によって支えられている。だとすれば、遊郭の終焉以外にこの物語の終息はありえない。この遊郭の物語が孕む自己矛盾をさらなる極みへと昇華するべく、作者は薄雲と玉の縁故にまつわる事件の顛末に趣向を凝らして、時代小說と怪談文学を架橋する。作中で事件の〝眞相〟が語られた末の美しきカタストロフの予感──それは、本格ミステリの仕掛けによって学校という制度のおぞましさを炙り出してみせた『強弱』とはまた異なる魅力を放つ。

本作は、異才たる作者の、新たなジャンルへ果敢に挑戦した一冊といえよう。

＊編按：十分難得！柏菲思這部著作《貓教授之故事帳──三浦屋的小玉》雖不屬於「推理類型」，但我們深感榮幸能夠得到日本知名推理小說評論家及翻譯家玉田誠老師在本作出版之前成爲「一號讀者」，而且他還答應了爲故事親撰解說作出推薦！（玉田誠老師也是香港推理小說作家陳浩基的作品《遺忘刑警》及《網內人》日版之譯者呢。）在此特別向玉田誠老師致謝！

以下是譯文：

《猫教授之故事帳——三浦屋的小玉》解說

◎玉田誠
日本推理小說評論家及翻譯家
（譯者：A.P.）

本作作者一直跨越不同範疇，創造出令人印象深刻的作品，比如懸疑犯罪、本格推理、青春小說等。這次新作的舞台設定於日本江戶時代，可能會令不少讀者感到驚訝。作者在傑作《強弱》中運用巧妙的情節結構，描寫登場人物的悲哀，布滿錯綜複雜的計謀，此特色亦在這裡充分表現出來。

故事的主角是江戶遊廓三浦屋的花魁薄雲，她是一位有名的貓痴。薄雲與愛貓小玉之間的軼話，相傳爲招財貓的由來之一。本作品所採用的薄雲與小玉的流傳故事，在矢田插雲先生所撰寫的、大正時代出版的《報知新聞》連載歷史小說「從江戶至東京」、「薄雲太夫與招財貓」等文章中亦有提及。這次作品內容敘述在香港居住的日本人——根古一生，根據上述資料創作小說，描繪遊女向禿道出三浦屋薄雲與小玉的往事，其中加插了傳說中的花魁——高尾太夫的軼聞等，作爲故事主軸。

作者透過多層故事的結構，描寫被遊廓制度囚禁著的遊女們，時而美好、時而殘酷的現實。

從《嗜殺基因》的血緣、《孤島教室》的荒島遇難，至《強弱》的學校制度，作者繼續發揮本領。在登場人物身上設計各種枷鎖，故事推進的同時，交織著對社會現況的批判。遊女的生活看似華麗，卻是受制於遊廓這個封閉空間中，各式各樣的規條。遊女對禿講述的故事之所以可以傳承下去，是因爲有遊廓的存在。既然如此，除非遊廓消失，否則故事永遠不能終結。爲了將遊廓內的種種矛盾推至極致，作者運用了圍繞薄雲與小玉之間的事件進行創新，融合了時代小說和怪談文學的特質。隨著故事「眞相」揭盅，能預想到將要迎來黯然淒美的結局。這與前作《強弱》運用本格推理的結構，呈現出學校制度可恨之處的手法，有著不一樣的魅力。

此書可說是異才作者，勇闖新領域，極具挑戰性的作品。

推薦序

◎魏綺珊

「糊塗戲班」行政總監。曾製作及主演舞台劇《瑪麗皇后》（*Yokohama Mary*），飾演西岡雪子。該劇根據真人真事編寫，取材自日本風塵女子「橫濱瑪麗」西岡雪子的傳奇一生。

差點錯過一本好書。起初閱讀被大量的日本名詞解說難倒，想放棄，細閱下，卻漸被華麗的文字及故事吸引，散發著的江戶時代氛圍，儼如跳進日本文學世界。驚艷香港有這樣熟悉日本文化且文筆流麗的年輕作家。

招財貓的由來是點子，終生擺脫不了命運及失去自由的「遊女」，才是發人深思。

目次

解　說／◎玉田誠（日本推理小說評論家及翻譯家）
推薦序／◎魏綺珊（香港劇團「糊塗戲班」行政總監）
貓教授……011
一、木雕貓……019
二、貓太夫……027
三、珠玉……049
四、徒名草……075
五、白無垢……103
六、星星……135
貓系男子……143
後記……152

貓教授

戴銀色降噪耳機的林逸卿，佇立在門戶洞開的辦公室前，不敢相信自己的眼睛。

一隻來歷不明的橘貓臉向門口，盤踞著辦公桌，與來者四眼相觸。

瞬間，一種毫無理據佐證、異想天開的念頭闖進腦海——教授變成貓了！

由於太難以置信，大腦陷入緩衝狀態，連摘耳機的動作也不期然放慢下來。當 R&B 音樂的屏障消失後，環境雜音重新傳播耳中。他向來木口木面的臉上，罕有地表露出徬徨的神情。

林逸卿摸摸後腦勺的黑短髮，進門。

方正的房間內，橫橫豎豎堆放了大量日文古籍、論文雜誌、日本研究學系的內部通信，以及印有大學校徽表皮的文件夾。

塞爆塞滿的書架上，穿插其中可見貓造型的擺設、圖文書。連案頭的相框，也裝飾了小女孩和緬因貓親密地倚偎在一起的照片，若然沒猜錯，那小女孩正是教授的獨生女。

繞過各種障礙物，林逸卿魔怔似地來到桌前，目光聚焦在橘貓之上。

牠猶如入定的僧侶不動如山，全無逃跑意欲，四足縮藏身下，尾巴夾在一側，把多餘的部位整個收納起來，以俗稱「香箱座」或「Catloaf」的坐姿，從容不迫待著。

「教授……是你嗎？」

林逸卿打破沉默，眼裡蘊含著說不清、道不明的情感，在內心世界裡，幻想已經膨脹到極限。

教授天天發貓瘋，說不定終於成精，經某種神秘渠道，找到捨棄人體成爲貓類的方法。

心思紛亂不已，當他舉棋不定，伸出憐憫之手，撫上橘貓的腦袋瓜之際，才驚覺事情不對勁。

那橘貓原來只是以羊毛氈製成、像眞度極高的公仔而已……

得知失態，林逸卿由頭紅到腳趾尾，當機似地定了格。

「林同學。」

突然冒出一把男聲，回顧則見根古一生呆頭呆腦站在門口，懷裡抱著與羊毛氈公仔外型一模一樣、活生生的貓咪。

場面一度非常尷尬……

臉皮薄的林逸卿立刻收手，別過臉躲避。

根古揉著肚皮朝天的眞橘貓，急匆匆上前。

「抱歉讓你久等了！」靠近後，乍然發現他面紅耳赤，於是問：「你很熱？」

林逸卿反白眼，不知好笑還是好怒，一屁股坐在客人用的椅子上，卸下掛肩膀的白色帆布袋。一雙辨識度極高的上吊眼，掃瞄著眼前人。

這身材高眺、戴幼框眼鏡、外套布滿貓毛的中年男子，便是聞名不如見面的日本傳統文化科教授。年四十，全名根古一生（ねこかずき），由於姓氏發音和貓（Neko）的日文一樣，學生又喜歡稱他爲「貓教授」。雖然是日本人，但居港已有十六年，區區廣東話難不到他。

對林逸卿的內心戲全不知情，沒眼力的根古坐在轉椅上，讓乖巧的橘貓蹲在桌面，與幾可亂眞的公仔並排在一起。見之林逸卿莫名火大，黑臉，懶得詢問此貓從何而來。

「啊，這是校工在宿舍棟養的貓，我趁他走開抱過來玩玩。因爲胖胖的太可愛，前陣子拍了幾張照片，訂製仿眞公仔。」根古主動交代，聊及貓咪禁不住情緒高漲。

可林逸卿並非來閒話家常，「特地叫我過來，有甚麼要事？」他不耐煩問。

一般人目睹此情形，大都認爲是學生拜訪教授辦公室尋求指導，殊不知現實恰恰相反。

「今次無論如何必須要你幫手！」根古說畢，嘴角不自覺上揚。

除了做小組作業外，林逸卿絕大多數時間是獨行俠，甚少與人溝通，遑論聯繫感情。他與根古之所以結下孽緣，始於第一學期。因盛傳教授的課堂容易得好學分，還聽聞他本人性格敦厚、平易近人，吸引不少學生追捧而決定報讀「日本傳統文化科」，豈料到頭來給自己惹上大麻煩。隨著時日增長，根古單方面跟他熟絡起來，無奈對方是位高權重的教授，沒法輕言絕交，結果牽扯至今。

不知能否以「職權騷擾」[1]作罪名控告他呢？林逸卿板著一張正兒八經的臉蛋，腦內已撥號到律師事務所查詢。

1 職權騷擾（パワーハラスメント，Power Harassment）：指工作職級較高的上司利用權力優勢對下屬作出「超出正常業務範圍、給人造成精神和肉體痛苦或惡化職場環境的行爲」。

「事情是這樣的，」根古上半身前傾，自言自語似地接下去，「早前相熟的編輯向我邀稿，提議出版以貓做主題的故事書，背景須設定在日本，內容最好與歷史有關。所以，我寫了篇試稿，但不知道寫得如何，正所謂『當局者迷、旁觀者清』，便打算找人讀讀給感想。思來想去，身邊只有你適合當一號讀者。」

「一號讀者？爲甚麼是我？」林逸卿交叉手臂，翹腳問。

根古單手擼著橘貓，自信滿滿地說：「直覺告訴我你懂得貓的心思。」

如同患上短暫失語症，林逸卿不知該從哪裡開始吐槽，全身上下散發出拒絕的氣場。

「放心吧，不會叫你做白工的，我準備了酬勞。」

聞見末句二字，林逸卿的尾巴筆直豎了起來。

「一小時多少錢？」

「我就當你答應囉！」

根古毬起彎月眼，顴骨上的痣因表情肌凸起格外明顯。

「酬勞稍後給你，現在先看這個。」

他打開手提電腦，將顯示著一堆文字的屏幕轉過去。

一、木雕貓

天照大神[2]躲進天岩戶[3]後，三味線與箏的樂曲便悠悠奏起，受好奇心驅使的人都想攀過黑板塀[4]，窺視吉原[5]裡的花花世界！

徐徐覺醒的不夜城逐一點燈，白天辛勞工作的凡人，入黑就會逃離江戶城，沿衣紋坂[6]步入吉原的大門[7]，搖身一變，化爲晚上的「神明」。

黑板塀內井然有序，販賣食物、玩意兒的商店夾道林立，好不熱鬧。

抬頭望，處處張燈結綵，個個光鮮亮麗，彷彿踏入了世外之境。

2—天照大神（あまてらすおおみかみ）：日本神話裡的主神，同時擁有太陽神和巫女的特質。
3—天岩戶（あめのいわと）：傳說中天照大神躲藏起來的地方，大地因而陷入黑暗，記載於《古事記》太安萬侶〔編〕。
4—黑板塀（くろいたべい）：以木板製成的黑色圍牆，使用了日本傳統的渋墨塗技術，有防蟲及防腐作用。
5—吉原（よしわら）：江戶幕府公認的花街，因曾經搬遷又稱「新吉原」。
6—衣紋坂（えもんざか）：吉原大門前的斜坡，據說因步行者衣裳花紋多樣而得名。
7—大門（おおもん）：遊廓入口的名稱。

在江戶町二丁目[8]，人頭特別擠擁。張見世[9]的窗影投映在人臉上，把路過的目光一一框住。

「來！快進來！」牛太郎[10]中氣十足叫著，吸引客人上門。

數名衣冠齊楚的男子，掀起一間遊廓的暖簾，上面印有「三浦屋[11]」的商號。

進入土間[12]，立卽有一座荒神棚[13]立在盡處，旁邊擺放了一座木雕貓。其外貌是三色貓，舉起左手，頸上戴有金光閃閃的鈴鐺，炯炯有神地注視著每位進門的人。

尋歡者無一例外，都繞到木雕貓前合十，摸摸牠的手和鈴鐺。

8—江戶町二丁目（えどちょうにちょうめ）：吉原內的街道名。
9—張見世（はりみせ）：面向街道的窗格子，遊女在裡面坐著招客，類似現代的櫥窗。
10—牛太郎（ぎゅうたろう）：遊廓裡負責招客的男工作員。
11—三浦屋（みうらや）：江戶時代眞實存在的遊廓名稱。
12—土間（どま）：日本建築的設計，連接室外和室內，低於地板的入口。
13—荒神棚（こうじんだな）：祭祀荒神的神壇，一般擺放在廚房，用作祈求家宅安全、防火。

頭插花簪的阿禿[14]看見這景象，不禁心生疑惑。

此時，台所[15]的料理番[16]把一個托盤塞到她手中。

「拿去！」他忙得不可開交，喝道。

話音未落，他已跑去攪拌沸騰的湯，弄得一室蒸氣。

阿禿扭頭，屁顛屁顛爬梯子。二樓的座

14—禿（かむろ）：居住在遊廓的童女，照料遊女的日常起居外，同時兼備見習生身分。
15—台所（だいどころ）：廚房。
16—料理番（りょうりばん）：負責煮食的人。

敷[17]內杯觥交錯，藝者[18]穿紅著綠，載歌載舞，不論對方是佛是鬼，誓要把他料理得貼貼服服。

阿禿匆匆瞅了一眼，看到朱漆的四足膳台上，美食琳瑯滿目。

她拐彎，在一間房門止足，撣撣袖裾才入內。裡頭空間不大，僅能容納一個長持[19]、布團[20]、屏風、燭台及黑漆鏡箱。一名施白塗妝的遊女拿著手鏡，席地而坐。

「姐姐，」阿禿在疊蓆上放下托盤，「茶漬飯來了。」

遊女氣定神閒，瞄看碗中物，但見表面浮著一片單調的黃蘿蔔乾。

「別著急，尚有時間。」她又回頭，鏡對鏡檢查髮型，「先關好門戶，開扇窗，再點燃香爐吧。」

17—座敷（ざしき）：鋪疊蓆的日式房間，用途廣泛，多用作宴客。
18—藝者（げいしゃ）：以日本傳統技藝如跳舞、三味線娛樂大衆的工作員。
19—長持（ながもち）：古時使用的木箱，用以收納衣物和床上用品。
20—布團（ふとん）：日本傳統床上用品，類似棉被。

「哦！」

阿禿利索地完成一連串指令，然後正坐著靜候吩咐。

遊女用手鏡確認身後人的表情，咧嘴笑。

「對我不用太緊張，你吃了沒？」

阿禿搖頭。

「吃點。」遊女打眼色，讓她吃剛端進來的那碗。

「可是……」阿禿晃一晃，「姐姐更需要力氣。」

「我吃膩了，聽話。」

聞言，阿禿不敢反抗，乖乖捧起碗來大口扒下去。

「你到這裡工作有七天了，習慣嗎？」

見阿禿點頭，遊女續道：「有甚麼疑問可以隨便說。」

阿禿想想，擱下筷子問：「那木雕貓是甚麼東西呀？爲何人人經過都要摸一下，還那麼虔誠？」

遊女沒料到她最好奇的竟然是木雕貓，「小朋友，那是我們三浦屋的吉祥物。」

「但我在別的置屋[21]見過類似的，人家也沒有上去摸。」

「因爲那些是假的。」

阿禿頓時兩眼生輝，一言不發地等待遊女說下去，畢竟是初生之犢，對世間一切盡是新鮮。

「多少年前呢……」

21 置屋（おきや）：遊女工作的店舗。

遊女倚在窗前俯覽川流不息的行人，追憶道：

「大概跟你一樣大的時候吧，當時我仍是禿，見過眞正的牠。」

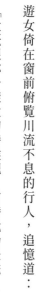

二、貓太夫

切禿[22]木頭人似地呆立在和時計[23]前，與它作對視比賽。刻有時辰的文字盤，微弱地順時針轉動，盯著看時不覺它動，轉頭卻已跳前好幾格。切禿不想錯過它任何動作，快盯出洞來，終於沉不住氣，踮腳尖登上二樓。

凌晨時分，遊廓內已無音樂奏鳴，反之有人說話的聲音，或者不說話的聲音。昏暗的走廊乍見只有陰森森搖曳的燭火，漆黑中卻透出幽光，細瞧，是一雙含蓄地閃耀著的貓眼睛。

22—切禿（きりかむろ）：剪河童頭的禿。

23—和時計（わどけい）：歐洲時鐘傳入日本後，當地人按亞洲的計時習慣，改良而成的機械時鐘。

那黑、白、紅三色斑駁的小傢伙，名喚「小玉」。牠蟠作一團，擋住一扇緊閉的障子[24]，用帶刺的舌頭理毛。當察覺來自另一端的視線時，馬上昂起半身，警惕地監視對方的舉動。

見狀，切禿輕手輕腳返回一樓……

時計再跑了半刻鐘，切禿滿懷期待摸黑爬梯，依然只能與小玉對瞪。後來不知多久，她以惺忪睡眼確認走廊，發覺小玉不見了！於是精神抖擻起來，連忙從井口提一桶清水，急急腳奔往房間。

拉開半閉的障子，玉貌絳唇的薄雲太夫[25]柔若水，橫卧在凌亂的布團上，披散青絲，肩上輕垂一件金襴[26]打掛[27]，似葉落秋澗。

切禿不動聲色放下水桶，邊擰毛巾邊說：「小玉多乖，卽便不拴繩子也沒

24—障子（しょうじ）：日本傳統建築裡的門，一般格式爲木框架貼上和紙，可透光。
25—薄雲（うすぐも）：江戸時代眞實存在的太夫，以愛貓聞名；太夫（たゆう）：遊女中最高等級的稱號，花魁的前身。
26—金襴（きんらん）：以金線製作圖案的日本傳統紡織品。
27—打掛（うちかけ）：和服的一種，通常花樣華麗，披在最外層。

有四處蹓躂，一直蹲在原地等候。」

「留在這裡多沒意思，該出去結識朋友才對。」薄雲正熱衷與小玉玩耍，用孔雀羽毛充當逗貓棒。

「牠就是想和你待在一起，況且外面不危險嗎？」

「世間哪有不危險的地方。」薄雲從枕頭底掏出一條縮緬[28]製項圈，上面繫了金燦燦的鈴鐺。

「這是？」

「客人送的，我告訴過他自己喜歡貓。」她把項圈綁到小玉的脖子上，長度恰恰好。

切禿突然發覺了甚麼吃一驚，「姐姐，這鈴鐺看上去像純金的！」

28—縮緬（ちりめん）：以絹製作的日本傳統紡織品。

「我知道。」

「那麼貴重怎能給貓佩戴？」

「物品用得其所方能發揮價值。」薄雲莞爾，「有了這個，便能聽到牠走到哪裡。」

自此以後，在三浦屋不時聽見鈴響，成了人們口耳相傳的遊廓風情之一。對於無法觸及太夫的尋歡者而言，那聲音總是令人心馳神往，每當鈴鐺響起，薄雲摩娑小玉的畫面便會鮮活地浮現眼前……

當然，他們只能空想，而切禿則是親眼目睹，薄雲和小玉形影不離的情景。

沒有客人時，人貓一同躺在友禪染[29]的布團上休息就不在話下；可有客人的時候，薄雲竟也以小玉需要入內睡覺爲由，趕走想過夜的貴客。

雖然太夫較有話語權，但爲了區區一隻貓，在深夜把客人趕出去的事，簡直前所未聞！最詭異的是連樓主[30]也不敢指摘薄雲，反而替她安撫遭無禮對待的客人。

毋庸置疑，小玉已徹底騎在人們頭上。更甚有傳言，說牠不是普通的貓，而是成了精的妖怪化貓[31]。

「哎喲，別亂動！」

切禿用象牙櫛幫小玉梳毛，可牠一直在地上滾動，四腳朝天不讓人觸碰背

29—友禪染（ゆうぜんぞめ）：日本最具代表性的染布方法。
30—樓主（ろうしゅ）：遊廓的主人。
31—化貓（ばけねこ）：日本妖怪的一種，由貓化成。

部。好不容易把牠翻過來，又像一尾魚溜出掌心。

「你配合點好不好？」切禿沒好氣地牢牢抓住小玉的腰身，剛要下梳卻被反咬一口，「疼！」

品茗中的薄雲太夫不再旁觀，笑語：「你過來，梳我的頭髮，我來梳牠的。」

切禿不信搞不定一隻小貓，試了好幾回不行，終於棄械投降。

薄雲伸出纖纖玉手，把彆扭的小玉抱至大腿，撓撓肚皮。擺作戰姿態的牠瞬間平伏下來，當梳齒插入那濃密的絨毛時，更咕嚕咕嚕低鳴。

「嘩！」切禿三兩下盤起薄雲的烏髮，從後觀察說：「姐姐不止古箏了得，還懂得馴獸呢！」

薄雲微微一笑，「牠是家貓，不是洪水猛獸。」

「看來小玉把你認定為唯一的主人，其他人統統碰不得。」

中。

「牠自小跟著我，別人不明白便說牠恃寵生嬌。」

「因為牠總擺出一副高傲的樣子。」切禿熟練地把珊瑚玉簪插入島田髻[32]

「那不叫高傲，只是喜惡分明罷了。」

薄雲把貓的掉毛搓成毛球，說：

「喜歡的話親近，不喜歡的話遠離，不是常情嗎？只有人類才會用種種理由規範自己。」

切禿撅嘴，「唔……貓太隨性了，養狆更好嘛，可愛又聽管教。」

「你說的話聽進我耳裡，全是牠的優點呢。」

小玉從膝上解放過來，忘我地把玩散發自己氣味的毛球。

[32] 島田髻（しまだまげ）：古代日本女性髮型之一。

袢纏[33]裝束的男衆[34]儼如左右門神，持金棒[35]步出三浦屋，外頭全是聞風而至的百姓，平日無緣一親芳澤的凡夫俗子，爲睹伊人一面紛紛聚集起來。

稍頃，男衆如操兵節奏一致以金棒捶地，鏗鏗鏘鏘往前開路。人們聽之屏息，引頸翹望。

不一會又有男衆自後出，袖子交叉繫襷[36]，手執箱提燈[37]，火袋[38]上用墨水寫著「薄雲」的名號，運筆帶勁，乃出自樓主之手。

大概被甚麼耽擱了，抑或是爲了營造大排場，主角遲遲不露面。醞釀好一陣子，成雙的禿率先暴露人前，兩張稚臉嫩得能滴出水來。

33—袢纏（はんてん）：江戶時代流行的裝束，通常爲工人的工作服。
34—男衆（おとこしゅう）：遊廓裡的男性從業員，負責照顧遊女或藝者。
35—金棒（かなぼう）：金屬長棒，頂端的金屬環擊地時能發出聲響，有示警作用。持金棒的人一般負責開路和驅趕閒雜人等，類似警衛。
36—襷（たすき）：做勞動工作時綁住衣袖用的布條。
37—箱提燈（はこぢょうちん）：日本傳統照明工具，上下有圓形的蓋，中間能摺疊收藏的燈籠。
38—火袋（ひぶくろ）：燈籠上被紙覆蓋的部分。

隨後，穿木棉小袖的男衆不約齊發，一人借肩一人撐傘，攜薄雲太夫出場——

脂粉映黛眉，艷紅[39]點指唇櫻桃。
風鬟編髮螺，鶴足[40]琴柱[41]立髻樑。
綾錦擁白襟，萬花雲海層疊嶂。
俎帶[42]懸飛流，泉濺霧落沾身涼。
凌波步外八[43]，赤足高履使人仰，亂撥秋弦泠泠響。[44]

39 艷紅（ひかりべに）：從紅花分解出來的色素，古時作口紅之用。
40 鶴足（つるあし）：鶴足笄，以鶴的脛骨爲材料。
41 琴柱（ことじ）：琴柱簪，因外型似立在琴上的琴柱而得名。
42 俎帶（まないたおび）：綁在和服前面的腰帶，是遊女的代表性衣著之一。
43 外八文字（そとはちもんじ）：吉原內遊女巡遊時使用的特殊走路方式，順帶一提，京都島原遊廓流行內八文字走法。
44 此爲《太夫道中》，作者原創和歌，長歌格式漢字入文，五七雜言。

出發到揚屋[45]的道中[46]，無人膽敢吱聲破壞此情此景。他們如目睹天女顯現，曾經受詩人讚頌、寫進和歌[47]的美人像，全數化作薄雲太夫的容顏。

正當百姓聚焦在一點時，有影子從三浦屋門口溜了出來，一直線穿過兩岸觀客自然形成的小徑。

「叮叮、噹噹」……

起初，人人專心欣賞薄雲的美貌，無暇分神。可當鈴聲漸近時，一些人用耳朵追蹤來源，發現腳邊走過一隻三色貓，脖子上掛著個黃金鈴鐺。

持金棒的男衆洞悉觀客神色有異，追視發現小玉，立時向同伴皺眉示意，卻避免動靜太大影響道中。

45 揚屋（あげや）：上流人士傳召高級遊女時使用的宴會場所。
46 道中（どうちゅう）：高級遊女從遊廓前往茶屋會客的路上稱爲道中，由於平日不輕易暴露人前，吸引不少人圍觀，成了花街一大活動。
47 和歌（わか）：日本的古典詩格式。

小玉無視交頭接耳的人們，碎步趕上隊伍，與隊尾的新造[48]會合，並肩齊行。

一路上暢通無阻，牠大搖大擺，找上心心念念的背影，立刻咚咚咚跑過去！

薄雲眼角瞧見腳畔有影子，表現淡定。倒是旁邊的人不冷靜了，對小玉指手劃腳。

「不是把牠關起來了？怎樣跑出來的？」匿於身後的遣手[49]緊張兮兮，低罵。

薄雲眼神篤定，腳朝外畫著半圓，不回答。

48—新造（しんぞ）：十五、六歲的遊女見習生。

49—遣手（やりて）：遊廓內管理和教育遊女的人，通常由年長遊女擔任，有時也作爲遊女與客人之間溝通的橋梁。

此際人們心存僥倖，認爲小玉素來喜歡黏著太夫，這樣跟隨大隊應該足以使牠滿足。怎料小玉縱身躍起，試圖跳到太夫身上，可是不果，嚇得觀客心驚肉跳。

由於太夫穿了三枚齒下駄[50]，身高增加不少，小玉夠不著。可死心不息的牠伸長爪子，攀石般依附著打掛，順勢向上爬。

利爪撕裂價值連城的布料，嵌在纖維的金絲亦被勾出來，見者無不倒抽一口氣。

小玉爬到太夫肩膀才安定下來，居高臨下看好風光，鼻尖朝天，一臉洋洋得意。

薄雲沒動怒，反而嘴角浮現一抹笑意，以絕佳的平衡力前進，媚眼中多了幾分傲氣。

50 三枚齒下駄（さんまいばげた）：塗黑漆的高齒木屐，有三個鞋齒。

事後，吉原內外毀譽參半——有人覺得新奇，更為薄雲改暱稱「貓太夫」；有人認為穿破損的衣服會客有失儀態，違反道中規矩，影響遊廓聲譽云云。

然而，風評雖重要卻並非決定性，最重要依然是樓主的想法。

對於被豢養在遊廓的遊女而言，樓主表面上是再生父親，實質是操生死大權的主子。

翌日清早，樓主傳召薄雲到內証[51]，兩人相對而坐。

「從前我對小玉的行為姑息，是看在你的份上，可今次光天化日之下，那貓未免太囂張了。再說，事情已經傳入客人耳中……」

樓主邊歎氣邊搖著折扇，「正所謂惡事傳千里，天下間那麼多張嘴巴，可不是我用三言兩語能搪塞過去，你懂我的意思吧？」

51 內証（ないしょう）：樓主與其夫人使用的事務所。

「我懂，」薄雲正襟危坐，「我會親自寫信向客人道歉，修補衣服的費用也不用擔心。」

樓主苦口婆心地，「不止是錢的問題，吉原是個三不管地帶，連幕府[52]也管不著。你幾歲起就在這裡生活，箇中有多少潛規矩，你最清楚。」

薄雲語氣平穩卻絕不妥協，回一句：「我不懂。」

「你是真不懂，還是假不懂？搶人家風頭不對，被說閒言閒語也不對。要在這裡立足，必須遵守大家默認的規矩，否則，豈非天下大亂！」

「言下之意，是想我把小玉永遠拴起來，有生之年不讓牠踏出三浦屋一步嗎？」

「拴起來不也能逃嘛，那傢伙筋骨軟得很，不費吹灰之力就能掙脫枷鎖……」樓主用折扇敲打著掌心。

52 幕府（ばくふ）：武家領導的政治組織，權力最高機關。

薄雲感覺到他有所暗示，道：「請明示。」

「把貓送出吉原吧，應該有人肯收留牠的。」

薄雲低下頭，迴避對面的灼灼直視，「恕難從命，小玉與我一同長大，不能拋棄牠。」

樓主好言相勸，「我知道你們感情深厚，可因爲區區一隻貓被吉原上上下下瞧不起，値得嗎？」

「人家看不順眼衝我來就好，小玉又不是我，爲何偏偏懲罰牠？」

見她一副冥頑不靈的樣子，樓主不由叫一聲：「唏，你這樣眞令我難做呀！」

薄雲從內証走出來，立刻與遣手碰個正著。

「你們談得怎麼樣？」遣手憂心忡忡問。

薄雲沒心情回話，自顧自上樓。

「上次明明把牠關了起來，沒想到牠居然懂得開門，眞是聰明得像人類呀！」遣手口若懸河，追上去時險些踩住太夫的衣襬，「我看繩子不管用，牠肯定找到方法逃脫，還是用籠子。我有相熟的工匠，手工不錯的，讓他幫小玉度身訂造一個吧。」

薄雲被觸碰到逆鱗似地，回頭說：「籠子？那空隙要做得比張見世的格子還小嗎？」

「不然呢，空隙太大又被牠跑了！」遣手看她面色一沉，不明所以問：「欸，你爲何如此生氣？這不都是爲你著想。」

薄雲啞聲道：「貓也容不下……吉原果眞是個好地方。」她說完，心灰意冷地轉身走。

房間傳出嘈嘈切切音，切禿盤腿而坐，撫箏，鑽研曲譜。本應負責指導她的薄雲，側身坐在疊蓆上，心不在焉地順毛摸小玉。而無憂無慮的牠在享受春日暖，睡大覺。

彈了數曲，切禿乍覺薄雲太安靜，故意開口吸引注意。

「我好像彈錯了，能否幫忙糾正一下？」

薄雲發愣回答：「哦……剛剛沒聽見，你再彈一遍。」

切禿看穿她有心事，「姐姐在爲小玉操心嗎？」

薄雲捏捏貓頸後的細毛，若有所思說：「我……有股預感……」

切禿一頭霧水，滴溜溜的眼珠不斷審視對方的表情。

「今早樓主叫你過去，是不是聊了關於小玉擅自逃出遊廓、搗亂道中的事？」

薄雲頷首。

「被狠罵了一頓？」

這次她搖頭。

切禿鬆一口氣，「也是，樓主向來通情達理。」

「別小瞧樓主，這間三浦屋可是他祖上創立的，培訓過不止一名太夫。要是有天我不再是王牌，恐怕……」薄雲欲語還休。

「小玉也確實任性，常常出狀況。」切禿一把抓住太夫白皙的手，「既然如此，姐姐千萬不要和樓主鬧太僵，怕有後果，一切照他的意思做吧。畢竟，我們的全世界就是吉原了。」

薄雲會意地一笑，並回握她的手。

「客人來這兒無非爲了忘卻煩惱，何必事事較眞呢。人類世界條條框框已經很多，用不著逼貓咪也跟我們一樣吧。」

切禿百思不得其解，雖知小玉長年陪伴左右，但太夫對牠的溺愛顯然已超越一般寵物的程度。

「姐姐不惜頂撞樓主、和天下人作對也護著小玉，究竟爲甚麼吖？」切禿忍不住問。

倏忽，秋波激起了無限漣漪，薄雲凝視映在切禿眸裡的倒影，抑壓已久的愁緒傾瀉出來。

「你也淸楚，我們賣身後，就不能平白無故踏出吉原。卽使大門開放，亦唯有在客人傳喚或者樓主批准時，方能離開御齒黑溝[53]的範圍。」

薄雲如夢囈般，不著邊際地講：「小時候曾經有人對我說，能夠在這片土地來去自如的，只有男人和貓……」

53　御齒黑溝（おはぐろどぶ）：爲防止遊女逃走而人工挖掘了圍繞吉原遊廓的城濠，命名自遊女常常使用的染黑齒汁。

切禿追問：「誰說的？」

薄雲閉目，臉迎呈對角線灑落的陽光，答：

「我的姐姐。」

三、珠玉

誰人打開了行燈部屋[54]的門，一縷光刺入瞳孔，使本已適應漆黑環境的眼睛，陷入短暫失明。

被困在黑房的芥子禿[55]蜷縮角落，瞇眼睛，直至視力恢復過來，看見光芒裡藏著一個龐大的身影。驟眼以爲是奇形怪狀的妖魔，細察便知是衣著臃腫的女子。

「發甚麼呆？」嚴苛的女聲傳來，「不快點滾出來，想在裡面多留一宿嗎？」

芥子禿解除抱膝姿勢站起來，發覺腿有點麻，但生怕耽擱太久，一瘸一拐的走向光明處。到了出口，她不走正中間，而在門側竄出來。

54 行燈部屋（あんどんべや）：收藏行燈、布團等東西的雜物房，因光線陰暗，不時作幽閉遊女的用途，也有客人因爲不付錢而被關在裡面，作爲短暫「牢獄」之用。

55 芥子禿（けしかむろ）：芥子爲幼童剪的髮型，只留下中間一束毛其他剃光。這髮型不分男女，江戶初期的禿常作此打扮。

濃妝豔抹的高尾太夫[56]，斜眼打量沮喪的芥子禿，斥責：「別總是苦口苦面的，招人厭，這樣子客人都被你趕跑啦，做這行最忌諱就是不討喜。」

聽教聽話的芥子禿，用食指揉揉眉心消除皺紋。

「眞是的，年紀輕輕怎可以記性這麼差，抄一百遍還是背不來！」

高尾的氣尙未消，又提起昨天的事，「我在你這個年紀的時候，已經對《萬葉集》[57]、《古今和歌集》[58]滾瓜爛熟了。」

芥子禿噤若寒蟬，用水靈靈的眸子瞟一眼太夫。

「回去以後追加背誦《竹馬狂吟集》[59]，明天一早遣手婆會檢查進度。」

56—高尾太夫（たかおだゆう）：江戶時代眞實存在過的太夫，而因爲源氏名可繼承給其他人，所以叫「高尾」的太夫不止一人，有說法指足足傳了十一代。
57—《萬葉集》（まんようしゅう）：日本現存最古老的和歌集，全書由漢字寫成。
58—《古今和歌集》（こきんわかしゅう）：平安時代天皇下令編輯的和歌集，全二十卷。
59—《竹馬狂吟集》（ちくばきょうぎんしゅう）：相傳是日本最初一部俳諧連歌集，在室町時代撰寫。

「……是。」她咬唇，心聲全寫在臉上。

見狀，高尾態度稍爲軟化一點，「樓主告訴我，你跟其他孩子不一樣，父親曾是享負盛名的武士。」

聽見父親二字，那瘦弱的肩膀反射性抖動了一下。

高尾續道：「既然別人對你寄予厚望，便不要丟亡父的臉，好好練熟箏曲，那是武家女兒最在行的吧。」言畢，她一拂袖回去。

芥子禿目送太夫，獨個兒杵在走廊，淌下兩行淚。

晝見世[60]結束後，女衒[61]風塵僕僕，牽著一名稚童邁入三浦屋。

60—晝見世（ひるみせ）：指中午時分的營業，從一時至四時，遊女會待在窗格子等客人光臨。
61—女衒（ぜげん）：專門作女性人口販賣的人。

芥子禿躡手躡腳走向內証，扶門框偷窺。稚童蓬頭垢面似雜草，十根手指無一倖免沾上泥濘，連衣裳也是用碎布料拼貼而成，窮得可憐。

女衒以一口黃牙對樓主說：「大人，這可是『上玉』啊，我長途跋涉從深山農家找來的。」

樓主用折扇挑起稚童的小手，質疑說：「手指參差不齊像狗啃一樣，別以為塗點泥土就能唬弄我。」他不留情面，用扇骨敲打她各部位。

「還有頭太大、鼻太塌、肩太寬、腰太粗，整個骨架不合比例。你拿這種貨色過來跟我說是上玉？騙誰。」

「喲，哪裡不漂亮了？你看眼珠兒多黑多亮啊！」已習慣被嫌貨的女衒，掂量了一下，「這樣吧，三浦屋這麼有名我也想沾光，要不便宜點用『並玉』的價錢賣給你？」

「開玩笑。」樓主說完朝門口吼叫：「站在外面偷看的給我進來！」

芥子禿不覺一怔，巡看左右發覺除了她沒有別人，只好硬著頭皮上陣，樓主把她扯到女衒眼前。

「看清楚啦，這才是『上玉』。你帶來的小孩，我只會付『下玉』的價錢，談不攏就罷了！」

「你——」女衒氣急敗壞，「算我倒霉，加點賞金當路費行不行？」

樓主看看稚童那骯髒卻惹人憐愛的臉蛋，點了頭，身後旋踵有人伸出手，把錢袋遞上去。那是一隻油潤的胖手，屬於樓主的妻子，她一直默不作聲在後方觀望。

「拿好，有好貨才來叩門。」樓主叮嚀。

女衒迅速檢查錢袋，「好嘞。」應聲走了。

未幾，猶如對調出入，遣手攜三名新來不久的女孩進門，約莫七、八歲，與稚童的際遇大同小異。

「快排成一列！」遣手呼喝她們，芥子禿亦自動自覺歸隊。

樓主拉一把稚童的胳膊交給遣手，「剛好缺人手吧，你去教教她做事。」

遣手心領神會，引領傻呼呼的稚童出去。

樓主妻跟在遣手尾後，待兩人出去，木無表情關閉障子，轉過臉來，把插在腰間的竹造直尺交給丈夫。

樓主把玩著接過來的直尺，銳利的目光掃視芥子禿在內的四名女孩，不出所料是要檢視她們的成長。

「站好。」

此言一出，四名女孩不敢怠慢，挺腰立正，讓樓主挨個量度。肩膀至手腕、手掌至指尖、腿根至腳踝……

在後協助的樓主妻伏在案頭，把他喊的數字順人名次序記錄下來。

芥子禿馬不停蹄練習書法，手上寫的盡是聖賢書，腦內則走馬燈般不停回想三組文字：上玉、並玉、下玉……她猜度那是甚麼玩意，天下間竟有人如此神通廣大，光看幾眼就可一口咬定稚童長大能否成才，眞想用他們的眼睛看看世界。

半刻鐘過去，高尾太夫一步三搖邁入部屋，來監督芥子禿有沒有偸懶。

「平日疏於練習，現在見人多競爭大，學會用功了？」高尾依然冷若冰霜。

恰恰元神出竅的芥子禿，意識立卽回籠，擺正執筆的姿勢，佯裝心神合一。

高尾以眼梢確認，見她專心致志甚是滿意，突然想起甚麼似地，把手往袖子裡揣，掏出個小東西，扔向她膝上。

突如飛來橫影，芥子禿先是一愣，其後發現那東西有溫度，瞅瞅，居然是隻三色貓！

高尾裝作不爲意，嘴角含笑說：「這奶貓不知何來，在樑上叫媽媽，被男衆抓了下來，沒人領。你拿去隨意玩玩，不用還我。」

芥子禿擱筆，小心翼翼觸碰那薄如紙的貓耳朵、毿毿皮毛，以及短小的麒麟尾巴，心底驟然湧現一股喜悅。她恍然大悟，想通了奶貓是太夫贈予的禮物，以獎勵她勤奮練習。

「謝謝姐姐。」芥子禿鮮有展現笑靨。

「謝甚麼！」高尾臉紅，話鋒一轉，「箏曲練得怎麼樣？演奏要是彈錯一定重罰。」她掉下一句狠話，剛

要走開又回眸。

「記得讓料理番留些殘飯餵給牠，牠是小生命，要吃喝拉撒，別餓壞了。」

欣喜若狂的芥子禿，將巴掌大的奶貓捧在手心，平生第一次感受到生命的重量。

將粥水舀入碗中，芥子禿一手抱貓一手拿勺餵牠喝。開初，牠饒有趣味嗅嗅粥水，伸出粉紅色舌尖舔舐，可嚐了幾口後變得興趣缺缺，縱使送到嘴邊也擰頭拒絕。

「喂，這小傢伙哪來？」大汗淋漓的料理番，用破布邊拭臉邊問。

「姐姐送的。」

「她待你不薄啊，送你個玩意解悶。」

芥子禿似乎被冒犯到，發小脾氣，「牠不是玩意。」

料理番馬耳東風，瞄瞄碗中物，「貓挑食，不吃沒味道的食物。」

然後他擼起袖子，親切地教她如何煮奶貓的離乳食品。先把小魚蒸熟，取出，用團扇搧涼，拆骨，最後在石臼舂成魚碎。

「噚！」料理番聲如洪鐘，把碗放在她面前。

芥子禿半信半疑，用勺子盛一點給牠，果然吃得津津有味。她覺得神奇，骨碌望向料理番，他笑著擠擠眼。

飼養奶貓以後，芥子禿除工作外所有空檔都耗在照料牠之上。日日如是，用心把烹煮過的食材磨成碎末，小口小口餵給牠吃。

頭一個月，她必須把食物塞進奶貓的嘴裡；到後來牠學會定時定點步入台所，埋首在碗中進食；漸漸牠能吃粗粒食物，不用再費神了。

不經不覺，牠著實成長不少，不能再以奶貓稱之，而要改口小貓。曾幾何時一雙狹窄的靈魂之窗，亦隨著肉體成長擴闊了視野。

改變的不止是貓，還有人，三浦屋全體也察覺到芥子禿的轉變。一向苦瓜臉的她開懷了，待人接物更加歡容，可惜她無法時刻拿銅鏡確認自己的表情，否則連本人也定然喫驚。

然而，有些心境的微妙變化，本人最實在知道。比如對陌生的吉原產生歸屬感，或者增強了對日復日艱苦訓練的耐力。

當芥子禿傳粉施朱，與其他禿一同進行「稚兒舞[62]」的排練時，小貓常常靈巧地穿插人群間，找出主人的所在，繞著腳邊磨蹭或用腦門頂向她。明明跳舞動作複雜，人貓卻從未發生踩尾巴等碰撞事故，非常合拍。每每遇到此情

62 稚兒舞（ややこおどり）：因無對應漢字，作者自行翻譯。日文爲「ヤヤコ踊」，是已經失傳的日本傳統舞蹈，表演者爲稚兒，卽ヤヤコ；踊，指舞步。傳說由歌舞伎創始人出雲阿國發明。

況，芥子禿也會展顏，笑容絕美，許多人因而看出她傾城[63]的素質。

認爲貓礙事的遣手，多番嘗試把牠趕出去，牠卻總找到方法回來，屢試不爽，後來乾脆任由牠自出自入。聽了傳言的男衆和遊女，趁著排練來湊熱鬧，爲的就是看人貓共舞的場面，成爲遊廓一幅異樣的光景。

有時候芥子禿背誦和歌、俳諧[64]，小貓會坐在堆積如山的典籍上打瞌睡，似乎知道主人在專注學習，不騷擾她。待她讀到疲倦閉目養神，牠才出動，跳上主人背上用兩隻爪子搓揉，像在替她按摩放鬆。

衆所周知，在雜魚寢部屋[65]內，總會找到芥子禿和小貓互相依偎的身影。

如膠似漆的他們，面對面臥在布團上，凝視對方構造截然不同的眸子。依照光線明暗而收縮、放大的瞳孔，宛若一條通道，可抵達與世無爭的桃花林。

63—傾城（けいせい）：美人的意思，在日本同時是遊女的別稱。
64—俳諧（はいかい）：江戶時期流行的日本文學形式。
65—雜魚寢部屋（ざこねべや）：許多人擠在一塊睡的房間，因人像雜魚堆起來而得名。

映照在虹膜的面影、節奏均勻的呼吸，令芥子禿迅速進入冥想。小貓亦似乎通過眼神感知主人的情緒變化，緩慢地眨眼睛，撫慰她內心的不安。

一種奇特的想法時常掠過芥子禿的腦海——假如明天小貓變了樣，肉球由紅變黑、眼珠由黃變藍、尾巴由短變長，她對牠的愛仍不會有絲毫動搖。因縱使有朝一天軀殼腐壞，他們的靈魂依然永遠屬於彼此。

多少無眠夜，芥子禿摸著小貓入睡，把鼻子深埋在軟綿綿的毛髮上，從中洞悉四季更迭——青蔥、潮濕、颯爽、冬陽……歲月如斯流逝。

芥子禿坐在遊廓的玄關，編織拴貓用的繩子，垂在土間上的雙腳不落地，晃來晃去。

「你的貓不可愛。」

遽然人聲從天而降，舉目卽見一張道貌岸然的臉。

「牠又臭又髒，十成十是有毛病才遭遺棄的，不是啥好東西。」花枝招展的新造逆光站立，口不擇言地說：「你為何這麼驚訝？難道不知道人人都說牠醜嗎？眼窩凸起來，瞪著人家會起雞皮疙瘩。」

此番挑釁到底有何用意？芥子禿暗忖，向頭頂的人投以不可思議的眼光，編繩的手遂停止。

「牠不醜，只是長得不一樣。」

「貓是貓，哪有不一樣？」

「牠有靈性。」

「哼。」新造皮笑肉不笑，挖苦說：「眞挺有靈性，像野生動物一樣通街亂跑，不理任何人指示，頑劣得很。既然是棄貓，寄人籬下，就應該有寵物的樣子……」

芥子禿用沉默質問對方。

「學習如何取悅他人，不應我行我素。」新造續道。

「可是，那不就沒有性格？我不喜歡沒個性的東西。」芥子禿擺天眞無邪狀，端詳一下新造穿的著物，最後盯視那張自以為是的嘴臉。

受無聲侮辱的新造勃然大怒，「你在攻擊我嗎？別以為自己被評為『上玉』便自命不凡，姐姐教你做人道理，竟敢不識好歹？跟你這種丫頭沒甚麼好說的，好自為之吧！」

新造作戰略性撤退後，芥子禿抱起在旁邊的貓。一歲又一歲，牠已脫離小貓階段，身體變圓潤，長大成貓了。

「聽到啦，她不喜歡你的眼神。」芥子禿頓了頓，搖頭補充，「她不喜歡我的眼神。但她生起氣來那麼恐怖，誰會給好臉色呀。」

「喵——」胳肢窩被架起的貓拉長身子、伸直前足。

「我才不管閒言閒語，甚麼『上玉』、『下玉』……你就是玉，我的小玉。」

芥子禿用剛編好的繩子繫著小玉，到太夫專用的房間，一折腰，走了進去。

高尾正面向几案踞坐，落筆行雲流水，書寫寄給客人的信函。形爲長卷軸的奉書紙[66]自邊緣滑落，一手美字淌入雙目。

芥子禿眼放異彩，將那篇草書寫成的戀文[67]視如珍寶捧起來，內文題了一首漢詩[68]：

花際徘徊雙蛺蝶，池邊顧步兩鴛鴦。

傾國傾城漢武帝，為雲為雨楚襄王。[69]

66—奉書紙（ほうしょがみ）：最高級的和紙，多用於正式公文，遊女寫信時爲表示對客人的尊重，時有使用。

67—戀文（こいぶみ）：古人寫的情書。

68—漢詩（かんし）：日本對中國古典詩的稱號。

69—《公子行》劉廷芝，節段。

「不准看！」

高尾拍拍她的手背，把一冊裝綴本塞過去，「小鬼讀這個。」

摸不著頭腦的芥子禿，順從地揭開書頁，裡頭印有大量漢詩，是詩選集，其中一篇[70]特別矚目：

八歲偷照鏡，長眉已能畫。
十歲去踏青，芙蓉作裙衩。
十二學彈箏，銀甲不曾卸。
十四藏六親，懸知猶未嫁。
十五泣春風，背面鞦韆下。

「你早前和新造頂嘴嗎？」高尾明知故問。

心虛的芥子禿眼神游移，慌亂地瞥看太夫，見她仍洋洋灑灑地寫著信。

70 —《無題二首》李商隱。

「姐姐怎麼知道的？」

「她剛來過，跟我投訴你不知禮儀、沒上沒下——」高尾挑挑眉。

芥子禿面有愧色，垂頭喪氣地放下詩選集。

「但我把她罵跑了。」

高尾熟練地在信末留下署名，然後拿短刀割掉多餘的紙，「我的人由我來管教，容不得外人插手。」

聞言，芥子禿錯愕地緊盯太夫的側臉，下意識撿起了掉落地上的信。

高尾從她手中抽走那封信，將捲曲成筒狀的奉書紙壓扁。

「不用意外，她們對你懷有敵意不是沒原因的，畢竟吉原的人都知道，我們三浦屋卽將誕生一名新的太夫。而修爲和地位又是這些女人的全部，爲了生存，剷除帶來威脅的人再正常不過。」

芥子禿嘿然不語，細細琢磨著這番話。

「這兒的遊女身世坎坷，不是父母身亡，便是被人販子拐來、被親人賣來的。」高尾像在敍述一件與自身不相干的事情，沒丁點肅穆氣氛，「她們除了情勢所逼不得不工作，還爲了證明自己，即使淪落青樓亦不代表是地底泥，可以穿金戴銀，成爲衆星拱月的存在。因此，比誰的自尊心都更高、更好勝，否則所有努力就會付之東流。」

「我以爲……我們是一家人。」芥子禿囁嚅。

「你在期待甚麼？這裡可是不折不扣的修羅場。」

高尾無視那雙瑩澈的目光，把信摺好，並於收信人名銜下，印上自家的定紋[71]。

71 定紋（じょうもん）：特定的人或單位使用的紋章。

「有聽過第二代太夫的故事？」高尾不徐不疾，「她在得到身請証文[72]後離開吉原，嫁給大名[73]當妻子，卻爲貧窮的舊情人守節，半年來不許丈夫碰她一根汗毛，不論遭到幽禁還是嚴刑，依然不肯屈服，最終遭倒吊斬殺收場。」她用如霧如夢的視線射向芥子禿，「你認爲是甚麼造成了悲劇？」

茫然若失的芥子禿，牢牢捏住貓繩子。

高尾本就不期待從她口中得到答案，接下去說：「之所以下場慘澹，全因不認命。在這無間地獄裡，苦纏惡鬥沒完沒了，唯一逃脫的方法就是許嫁。身爲女人，除了成爲男人的妻子，沒有別的出路。一旦年紀大了沒人來贖身，幸運的話留下做遣手，不幸的話流浪街頭當夜鷹[74]。生爲吉原人，死作吉原魂，必須認清這個事實才行。」

72—身請証文（みうけしょうもん）：遊女贖身時提交的證明文件。
73—大名（だいみょう）：從幕府取得俸祿一萬石以上的武家或地主。
74—夜鷹（よたか）：在路上進行性交易的女性，爲最下級遊女，年紀多數較大。

「不是說年季奉公期限[75]到了，就能重獲自由嗎？」

「自由？」

高尾戲謔地大笑出來，「在這片土地能來去自如的，只有男人……還有貓。」說著，她伸手掃一下小玉的鼻尖，害牠打了個噴嚏，「何況被解放以後我們能去哪兒？天下間有容身之所嗎？沒有歸宿的女人，根本不可能存活下去。」

一念及此，芥子禿憶起遺手曾提及高尾太夫的身世，說她是遊女的私生子，母親在把她生下來後去世，遺體被送往投入寺[76]。

當意識到自己要面臨的宿命時，芥子禿不由悲從中來，抿著嘴，看高尾重新拿起筆架上的毛筆。

75—年季奉公（ねんきぼうこう）：合約制的僱傭制度，多以償還債務的形式進行，但過程中僱主有可能以各種藉口增加債款，令契約無了期延長。吉原而言，一般爲十年。

76—投入寺（なげこみでら）：安葬死後無依無靠的遊女的寺院。

「現在還是少說話多做事吧，不勤力一點，客人不上門，你我未及落籍便得餓死街頭囉。」

「姐姐這麼受歡迎，客人怎可能不來？」

「色衰愛弛。」

芥子禿未學習這詞彙的意思，愣眼巴睜說不出話來。

高尾似笑非笑，用指關節敲敲芥子禿的腦門，接著在紙上題了兩個大字，寫完同樣以短刀切斷，舉起展示在她面前。

「我幫你取了源氏名[77]，怎麼樣？」

芥子禿認字，知道紙上寫的是「薄雲」。

77 源氏名（げんじな）：風塵界工作時使用的雅名，有別於本名，類似現今的藝名，多使用《源氏物語》內出現的字詞，又或者令人聯想起該作品的詞彙。

……」

第一次擁有屬於自己的源氏名，她眉飛眼笑，「以後我就叫『薄雲』

高尾瞬時百感交集，撫摸那張正值豆蔻年華的臉龐。

「願你下半生如天上雲朵，無拘無束。」

四、徒名草

透過格子窗仰望的天空被分裂成碎片，唯有無形的東西方可穿越屏障進出遊廓……

三味線的聲音縈繞耳鼓，遊人似溪流的落葉，偶然卡在岩石停留。他們駐足觀看淨瑠璃[78]表演者撥弦奏樂，低吟淺唱，演繹風行一時的「心中物[79]」。

好奇心作祟的切禿撲至窗前，與早就霸好位子的小玉一起，俯瞰街上。

百姓圍觀中央一男子，用妙嗓道出遊女阿初和醬油屋德兵衛，相約到森林殉情，發誓來世再會的淒美故事[80]。對於長居吉原的人來說，那些劇情早已耳熟能詳，卻不知何解能一遍又一遍重溫。

人貓倆一個托腮幫看戲，一個以尾巴打拍子，正神游其中。驀地薄雲太夫現身，攬著一簇新鮮採集的花草，步步生蓮走過來。

78—淨瑠璃（じょうるり）：三味線作爲伴奏的歌唱表演，敍事性質強，含戲劇成分。

79—心中物（しんじゅうもの）：以殉情爲主題的古代藝術作品。

80—《曽根崎心中（そねざきしんじゅう）》：江戶時代最具代表性的心中物劇目，掀起一股熱潮。

「悶了就過來練習吧。」

聽到慈祥的嗓音，切禿猛回頭，興高采烈地小跳步上去。

「快唱到戲眼啦。」

「可以邊聽邊學。」

薄雲彎柳腰，將懷中的花草陳列在地，那是用作學習華道[81]的花材，有椿花、水仙、雪柳、松枝、姬水木[82]。

「這是做供花[83]？」切禿歪頭問。

「對，樓主允許了。」

81—華道（かどう）：日本的傳统插花藝術，現粗略分爲三大類——立花、生花、自由花。

82—椿花、水仙、雪柳、松枝、姬水木：冬至春天季節花草，其中椿花又稱「山茶花」，姬水木爲日本原生植物，又稱「日向水木」（ヒュウガミズキ）。

83—供花：奉獻給神佛的擺設鮮花。

切禿躍躍欲試跪坐下來，「我做的不好看神明會生氣嗎？」

薄雲盈盈笑語：「只要掌握竅門很容易上手的。」她把事前準備好的廣口立花瓶，挪到正前方。

「這是花器，有不同形式，但這個瓶身比較高，應在裡面墊石頭。」

她拿起旁邊一個像刺蝟渾身是針的圓形物體，「這是花留[84]，又叫『劍山[85]』，用作固定花卉。」言畢把它放在石頭上。

「真複雜。」切禿頓覺頭暈腦脹。

太夫屏息凝神，挑一根松枝，用鋸子削尖底部，插在劍山上。接著陸陸續續用花鋏調節植物的長短粗幼，在莖底剪開十字方便固定位置。

84─花留（はなとめ）：華道工具，採用圖案雕空的隙縫來固定花草。早期材質、形態不一，以吉利造型爲主，如龜或銅錢。

85─劍山（けんざん）：晚期至今仍在使用的花留，因有細針更方便固定花草。一說指中國清代發明，一說指日本明治發明，未有定論。

「換你。」薄雲遞出一枝椿花。

切禿凝矚在紅如滴血的椿花，接過將之固定，爾時發出莖身遭戳入撕裂的聲響，害她直打哆嗦。

「怎麼了？」薄雲關心問。

「沒甚麼……覺得有點殘忍。」切禿抓耳撓腮，「原以爲花可以自己直立起來，沒想到要把它釘在針上。」

時空凝滯數秒，薄雲以隱含悲傷的眼光，注視著美輪美奐的供花。

「花是無法獨立不倒的，必須在針尖上起舞，漂亮的事物總要付出代價……」

切禿伶牙俐齒說：「就像姐姐打扮，想漂亮便要穿得厚重，用上很多配件，走起來特不舒服。」

「沒錯。」薄雲的嘴巴勾作弧線，把水盆內的水倒入花瓶，「倘若每個人都接受與生俱來的模樣，不用爲取悅他人刻意包裝自己，該多好。」

「其實我挺羨慕小玉的，不用花時間思考明天穿甚麼。」

兩人會心，相視而笑。

歌聲嗡然不絕，靜止的小玉忽然動起來，從格子窗的隙縫鑽出去，沿外露窗台跳至簷篷，走往鄰接的樓房。

「呃，唱到半路牠怎麼跑了？」切禿伸長脖子。

「隨牠吧。」薄雲拾起散落一地的殘葉剩花，「或許是對人類唱的世俗瑣事感到厭倦了。」

一曲悠長，小玉高視闊步，自人海上方走過。沿途熙熙攘攘，皆浸淫在鏡花水月之中。逐漸旋律交替，耳畔響起另一支曲子……

來到巷頭，牠從簷篷飛躍落地，但見長達一百三十五間[86]的仲之町[87]上，植木屋[88]的壯丁觸目皆是。他們數十人成群，朗聲唱著木遣歌[89]，彷彿在以某種特殊方言溝通，連成一氣，搬入自遠方運來的櫻花樹，把它們一一栽種到行人道中央。樹梢上布滿花蕾，含苞待放，佇候夜櫻[90]慶典當日。

86—間（けん）：江戶時期的量度單位，一間約1.818米。
87—仲之町（なかのちょう）：吉原內的主要大道。
88—植木屋（うえきや）：從事樹木相關工作的人，廣義包括植物買賣、庭院設計。
89—木遣歌（きやりうた）：搬運樹木時唱的民歌，以節拍和唱腔變調指揮工人的施力大小、快慢。
90—夜櫻（よざくら）：吉原遊廓三大活動之一，於三月內舉辦。

良宵，月皎白，櫻花狂綻。

盛典如期舉行，素來為尋花問柳聖地的吉原，此刻化作名副其實的「花街」。彼岸樺櫻[91]栽滿道，閑繞行，山吹[92]為下草[93]，竹棚作籬笆。春風起雪吹香，花瓣旋落鋪地，恰似美人鬥麗爭妍的紅毯。家家戶戶遊女於仲之町漫步，倩影搖紅，引人入勝。

常日與煙花之地無緣的庶民女子，獨獨在三月間放下成見踏足此地，參與普天同慶的花見[94]大會。男人則以「賞夜櫻」作暗號，成群結隊去喝花酒買醉。

昔在幽巖下，光華照四方。忽逢攀折客，含笑亘三陽。
送氣時多少，垂陰枝短長。如何此一物，擅美九春場。[95]

91—彼岸樺櫻：江戶時期的主要櫻花品種，彼岸櫻（ひがんざくら）、樺櫻（かばざくら）。
92—山吹（やまぶき）：華語圈稱作「棣棠花」。
93—下草（したくさ）：日本庭院設計上，種植在地面的花朵之稱。
94—花見（はなみ）：日本傳統賞花活動，人們會在樹下喝酒、吃東西，初時指賞梅，後來演變成賞櫻。
95—此為《櫻花》漢詩，平城天皇之作。

移植過來的千株櫻花樹，一個月後便會拔除，屆時街道又恢復原貌，花期終歸有限，眼前不過是片刻的綻放而已。

瞻顧著一片華靡景象，披羅戴翠的薄雲太夫正對鏡弄姿，為出行準備。被賣到三浦屋至今有十年，時至今日，高尾太夫已貴為藩主[96]之婦，而薄雲亦出落得亭亭玉立，再不是當年憨態可掬的芥子禿了。

與此同時，切禿手腳俐落把一套齒黑[97]道具搬到面前。

「姐姐、姐姐！」她亢奮地，「今晚客人多的不得了，土手[98]上水泄不通，駕籠[99]大排長龍，猪牙舟[100]來回往復隅田川[101]上百回，人流依然沒間斷呢！」

96—藩主（はんしゅ）：藩國的領主。
97—齒黑（おはぐろ）：把牙齒染黑的化妝方法。
98—土手（どて）：即土堤，當時因就近吉原被稱為「吉原土手」，現稱「日本堤」。
99—駕籠（かご）：日本的傳統交通工具，類似轎子。
100—猪牙舟（ちょきぶね）：前頭很尖的小舟，因外型像野豬牙而得名。
101—隅田川（すみだがわ）：河流名稱，常用於來往江戶城與吉原。

薄雲邊以手指揮擺放道具的位置，邊回應：「櫻花開得正盛，客人自然蜂擁而至。」

「對，眞是賞花的好時節啊！」

「看你樂呵呵的，別忘了，雖然能參與花見大會，但我們的職責是娛樂大衆，沒有閒情逸致自己玩。」

切禿把五倍子[102]箱放到耳盥[103]上，又把嗽茶碗[104]放在其側。

「貴客統統來了，至少能吃上平常嚐不到的美食吧。」

「少嘴饞，你說的貴客已在揚屋等候多時，再不出發的話連菜渣也不剩。」

喋喋不休的切禿隨卽閉嘴，忙不迭協助太夫整妝。薄雲駕輕就熟地將加熱

102—五倍子（ふし）：植物名，染黑齒的材料。
103—耳盥（みみだらい）：有兩隻把手的水盤，齒黑道具之一。
104—嗽茶碗（うがいぢゃわん）：用來嗽口的碗，齒黑道具之一。

了的鐵漿水[105]倒入杯中，混合五倍子粉，然後用筆蘸上，塗抹一口牙齒染黑。

切禿左顧右盼，「奇怪，小玉去哪裡了？這麼久也不回來。」

「賞花去了吧。」薄雲用房楊枝[106]洗擦舌面。

「希望牠不要到處搗蛋，害我們成爲眼中釘……」切禿蹙眉道。

櫻花壓枝，幾可蔽天。人滿爲患的街上豎立了無數雪洞燈[107]，一行人闢道前行，男衆逆手拿燈照亮路面，薄雲太夫等隨後跟上。

花下紅顏相映趣，當薄雲映入視界時，途人不禁凝睇，覺得眼花撩亂，躊躇應先賞花還是賞人。

105—鐵漿水（かねみず）：由洗米水、酢、茶、酒和舊鐵，混合發酵而成的汁液，氣味奇臭。

106—房楊枝（ふさようじ）：江戶時的潔齒用具，類似牙刷，材料爲竹。製法是把竹的一端放到鍋裡煮，用槌敲打令纖維變軟，再以縫衣針梳順，弄成刷頭的樣子。另一端多會製成尖頭，可來剔牙縫和清潔舌面。

107—雪洞燈（ぼんぼり）：日本一種照明工具，主體爲長腳燭台，但會蓋上燈罩。

薄雲款步，離目的地相距數間時，忽然有影子從花叢飛撲出來，逮住她的衣襬。伴在左右的切禿受驚，尖叫一聲！

險些失足的薄雲勉強穩定軸心，低頭看，原來是失蹤良久的小玉。牠不明緣由全身炸毛，眼睛瞪得快脫窗，鼻孔持續噴氣。

「小玉，怎麼了？」爲維持形象，太夫一般不會在外開口，可爲了牠，薄雲破戒問。

小玉仍對她的衣襬死咬不放，也動動喉頭發出低沉的長音，像在警告別人不要靠近。

見此，途人七嘴八舌議論起來，情緒有驚有怒。

「又是牠？」

「那隻化貓！」

「果然露出魔性了！」

嚇傻的切禿總算回神，慌張失措扯一把小玉的尾巴，「不要鬧！」牠不聽人言，堅拒放口，牙齒咬出血來染紅布料。

「發生甚麼事？別嚇我。」比起憤怒，薄雲更擔憂牠的處境，「聽話，走走！」她膝微曲，揚手驅趕牠。

小玉不依，一昧蠻纏。

騷動漸大，現場亂作一團，持燈男衆嘗試用燭火去燙牠，行不通。薄雲雖焦頭爛額，卻叫身邊的人別傷害牠，讓切禿攙扶著踢腿試圖把貓弄掉，還是沒有效果。

很快，幾名巡邏中的番人[108]，拿火把奔襲而至。

「滾開！」帶頭者大駭，「這貓瘋了！」轉首問男衆事件的來龍去脈。

108 番人（ばんにん）：看守巡邏的人，類似警備員。

——戴笠的浪人[109]勢如破竹撥開人牆，拔出腰間的刀，斬了下去。

——立花瓶裡的椿花撲通一聲整朵落下。

——金鈴鐺掉入落櫻中。

猝不及防的奔襲令現場陷入死寂，背景卻仍不斷傳來歌舞昇平的樂聲。

滿眼殘紅，何處發出撕心裂肺的慘叫。

可憐的小玉已身首異處。

浪人漠然甩刃納刀，離場。

燈影寂靜地燃燒著被脂粉塗抹得密不透風的臉。

109 浪人（ろうにん）：不跟隨領主，沒有固定服務對象，四處流浪的武士。

燭淚墜下，面容發白的薄雲跌坐著，雙眸虛焦，看模糊變形的蠟燭，不覺眼頭一熱，淚零。

浪人離去後，男眾尋獲掉失的貓頭，發現小玉口中咬著一條毒蛇，推測牠是爲了護主捨身救命。

薄雲於曖曖燭光下寬衣解帶，釋放猶如供花被千支針刺痛的自己，左一根右一根，把強行加諸頭上的笄、簪，盡數擲到地上，捨棄障身的華服，僅留下一件純白內襯。凝聚在她眼核深處的光，是搖曳扭曲的火舌。

是時，遣手抱著一個木盒進來。

「太夫……」遣手挪著小步湊近，不想刺激她，「男眾把小玉的遺體帶回來了。」

薄雲淚如泉湧盯向遣手，霎時間失語，在她反應過來之前木盒已塞進手裡。她坐直身子，右手懸空在木盒上方，遲疑片刻方敢推開半邊封蓋。一瞥溘然而逝的愛貓，她凍至心靈，沒看幾眼便重新關好封蓋。周身發抖，憋在胸口的悲鳴一股腦兒吐露出來，險些震壞五臟六腑。

遣手情不自禁，不理身分尊卑一把攬過太夫的腦袋，讓哭聲埋沒在胸膛。自小照料太夫，看著她長大的遣手，早已把她視爲己出。

「小玉是爲了報答養育之恩犧牲，現在你安然無恙，經已此生無憾。」

「但牠救了我！怎可以……」薄雲聲淚俱下。

「那浪人是外來者，不知道牠是你的心肝寶貝。」遣手哀其不幸怒其不爭，「可你放心，像他那種一輩子以殺戮維生、作孽深重的人，早晚有報應。」

「小玉不該落得如此下場……」

「樓主正在和寺院商量爲牠建一座貓塚，一定會風光大葬的。」

薄雲哽咽不止。

多想無益，遣手正要終結對話，「過幾天我陪你一起去寺院，現在你先休息——」

「……牠的鈴鐺呢？」薄雲恍惚間想起甚麼。

「啊，鈴鐺？你說貓脖子上的……那個？」遣手答不出所以然。

最懂察言觀色的薄雲，無懼掌心被蠟油燙傷，赤手取燭挑明出了去。

「太夫，萬萬不可呀！」遣手丟了三魂七魄似地追上，但薄雲步速太快，她手腳不協調差點仆倒在地。

聽力份外靈光的切禿，從雜魚寢部屋奔出，猝見太夫風中凌亂的樣子，心中一凜，那是記憶裡第一次見她如此狼狽。

遣手搶前以身阻擋去路，「這時間離開遊廓違反規矩！」

薄雲一聲不吭站定，全然沒有退卻的打算。

睡不穩的遊女和男衆聞見爭吵聲，爬出被窩擁至，發覺雙方在糾纏，開始你一言我一語勸太夫冷靜。

樓主從內証出來，這個時辰尚未換上寢卷[110]，可謂洞若觀火。他撒眸，目光所及處像被施了法術般快速回復平靜。大晚上搞到雞犬不寧，大家心中有愧，都在靜候發落。可樓主偏沒有，反而望向面如死灰的太夫，蠟油從她指縫間滴下流了滿手，可她一臉木然，彷彿感受不到痛楚。

「去吧。」

樓主一開口，薄雲馬上衝破重圍，留下一道燭光殘影。

「大人？」遣手不解問。

「你出去好好看著她。」

110 寢卷（ねまき）：指睡衣，古時多數只有富貴人家在睡前更衣，平民不分外出和睡覺的衣服。

得到准許的遣手和切禿一前一後，奪門而出。

薄雲六神無主，踽踽獨行於夜道上，後方的魅影追趕而至，她心慌加快腳步。

返回現場，通地落櫻被晚風捲起，逼於無奈旋轉。

她仰望夜空，把閃爍的星宿與小玉的眼睛重疊，遂哭成淚人，瘋狂搜索街巷。

而切禿只能和遣手遙遙守候，任由太夫淹沒在自己的淚水裡。

枝椏長出綠葉，看客仍留戀在吉原徘徊不前。

將小玉埋葬到貓塚後，薄雲徹底成了一潭死水，像暴風雨激盪過後的水窪無波。她神情空洞，在窗格搭建的籠子內，觀望陽光從葉櫻枝條間灑落，奢望它大布施一點光，照進心坎那片晦暗無色的海。

備膳中的切禿悄悄端量著太夫，本以爲事情告一段落，豈料時間並沒有沖淡悲傷，反倒使她日漸形骸消瘦。小玉的死令她意志消沉，像無主孤魂，難得累了闔眼，半夜又會驚醒慟哭。

「姐姐，飯好了。」

薄雲猶如受傀儡師操控的人形，聽從吩咐，捧碗吃了幾口，但沒有細緻品嚐，倒像爲了維繫性命不得不妥協。

愁眉苦臉的切禿，拿著黑漆膳台步出房門，與走廊轉角冒出來的遣手相顧，一時半刻不知從何說起……

宴會上，客人和遊女猜拳行令，薄雲則空落落的，獨坐一角自斟自飲。曾經以溫文爾雅聞名的太夫，彈指間變身酒徒，終日借酒澆愁，夜夜喝至酩酊。回座敷栽頭就睡，疏忽侍奉客人，多次要樓主出面擺平。

江戶內關於太夫的謠言滿天飛，都說她之所以性情大不如前，是因爲死於非命的化貓陰魂不散，依付在她身上。

「近來生意一落千丈，這樣下去不是辦法。」樓主懊惱地坐在案前思量，「我在想應否讓她養一隻新貓。」

樓主妻伴在其側，思索了一陣。

「恐怕沒用，她要的是小玉。」

「牠已經死了！怎樣賠給她？」

「沒想到已經幾個月了，她的心情還是沒有好轉……」

「只怕她永遠好不來。」樓主長嘆。

盛夏，赤日炎炎。

遣手受傳喚前往江戶城一間唐物屋[111]，門面掛著「異國新渡奇品珍物類」的看板，內裡販賣中國產地爲主的舶來品，品項豐富，店主是薄雲太夫的常客。

「好久沒來書信，有點想念，她別來無恙吧？」穿紹布江戶小紋[112]的店主，開門見山問。

「還是老樣子。」遣手對熟人直認不諱，「畢竟小玉曾是她的心靈支柱。」

店主長吁一口氣，「最近店內進口了一塊不錯的伽羅木[113]，我命人把它雕刻成小玉的模樣，想送給太夫當禮物。你先過目，看雕得像不像。」

說畢，店主招招手，下人便到倉庫把一具巧奪天工的木雕貓抬出來。

111—唐物屋（とうぶつや/からものや）：指販賣舶來品的商店；唐物，是日本對中國製品的雅稱。當時主要販賣的商品有香料、茶道具、繪畫等。
112—江戶小紋（えどこもん）：江戶時流行的染布，特徵爲單色、花紋細密遍布全面。
113—伽羅木（きゃらぼく）：香木的一種，又稱「黑沉香」，非常貴重。

「好美。」遺手摸著木雕貓。

「聽你這樣講就放心了，我只是隱約記得小玉的長相，要是有不像的地方可以說。」

遺手參詳一會，「眼睛吧，牠的更炯炯有神。」

「眼睛呀……」店主略感爲難，「一般不喜歡雕刻得太像眞，怕吸引邪魔。」

「但那是小玉的特徵。」

他沉吟一下，「不打緊，百無禁忌嘛，我叫工匠修改，改天會持物拜訪三浦屋。」

數日後，店主果真抱著木雕貓來訪，他用風呂敷[114]把東西包裹起來，待太夫收到親自拆開。

樓主在門口，不卑不亢地向店主鞠躬。

「感謝前來，現在薄雲唯一肯私下見面的就是你。」

「老相識不必言謝，我只想讓太夫打起精神而已。」

寒暄幾句後，店主隨遣手往大廣間[115]深處，薄雲已坐候多時，一身薄衫單衣甚是清瘦，兩人互相行禮。

「不好意思擅自拜會，因爲最近沒有聯絡，所以來看看太夫的臉。」店主言簡意賅地向她表明來意。

114—風呂敷（ふろしき）：用來包裹東西的正方形布，花樣各式各樣。
115—大廣間（おおひろま）：日式大型宴會廳。

薄雲端莊地回答：「久病臥床，多有怠慢，懇望不要放在心上。」她化妝很淡，卻有種素雅的美。

「我帶了伴手禮，請笑納。」

太夫接過店主遞來的禮物，解開風呂敷，不由愕然。

一尊栩栩如生的木雕貓探出頭來，不是隨街可見、平平無奇的三色貓，而是小玉。技藝之高超，如同躍然眼前，連神韻也充分呈現出來。

「從遣手口中得知，太夫仍懷戀愛貓，希望這東西能緩解你的痛楚。」店主以一派祥和的口吻說：「血肉之軀終會消逝，但

木雕貓不會，能永遠守護你。」

萎靡不振的太夫臉上有光，千頭萬緒於腦海騷動。她劇烈抖動瞳仁，與木雕貓對望，恍如隔世，淚珠潸潸而下……

她從袖裡掏出小玉的金鈴鐺，把它綁在木雕貓的頸上。

五、白無垢

鳥居形的衣桁[116]上，掛著一件流水紋的小袖[117]，是遣手專門為「八朔」訂製給薄雲太夫的白無垢[118]。為慶祝德川家康入主江戶城，每年八月一日吉原內會舉行八朔儀式。

薄雲側臥在床，頭靠木枕，與之相對平行。床頭放了個空碗，用作喝解酒藥袖梅[119]；另一頭擺放著木雕貓，圓滾滾的眼睛似在監視人們的一舉一動。

隆重其事的切禿已換上白衣，抱著大堆妝扮工具進門。

「姐姐，宿醉好了嗎？」

「沒事……」薄雲痿軟無力地坐了起來，橫向的世界重回正向。

116—衣桁（いこう）：這裡指日本掛著物用的家具。
117—小袖（こそで）：日本傳統服飾，當今和服是從小袖演變出來的。
118—白無垢（しろむく）：全身統一為白色的和服，古時視為莊嚴的服裝，許多場合可以使用，如結婚、祭神、葬禮。
119—袖梅（そでのうめ）：吉原遊廓裡的遊女最愛用的解酒藥。

切禿放下東西後，跑到木雕貓前摩娑它的腦門。

「小玉早。」

薄雲懵然摸著亂糟糟的頭髮，問：「我的笄呢？」

「就在這裡。」

切禿麻利地取出一個卷布袋攤開，裡面收納了數支新笄，材質是玳瑁，頂端全部裁成貓的形狀。薄雲抽出其中一支，睹物沉思。

「眞別致！」切禿莫名興奮說，「用舊了可以送我嗎？」

薄雲但笑不語。

正在此刻，遣手入室打岔。

「差不多要著裝了。」

太夫像換裝娃娃般任人擺布，讓遣手將配件逐一套到她身上。由於經驗老到，加上切禿從旁協助，須臾太夫已煥然一新，成爲完美的一夜新娘。

遣手純熟地梳理那把秀髮時，薄雲開腔：「能否幫我梳勝山髷[120]？」

「爲甚麼，你不是從沒做過那造型嗎？」

薄雲沉澱了一下，「我覺得跟服裝配搭起來應該不錯。」

「那不夠華麗。」

「不用太花巧，今天我想做自己。」

「好吧。」

120 勝山髷（かつやままげ）：江戶初期創作的髮型，後來大受武家女子歡迎。勝山乃源氏名，據說這髮型由勝山太夫設計而成。

髮型梳好之際，樓主派人來催促。

「鄰家的隊伍已經出發啦！」

「馬上到！」遣手牽挽太夫，「今晚很多達官貴人參觀巡遊，聽說赫赫有名的武士也來了。」

薄雲對此等場面已是司空見慣，不爲所動地傾聽著。

三人出了房間，於狹窄的通道上行走，走廊擠滿忙得脫不開身的人，在爲各自手頭的工作東奔西撞。走了一小段路，太夫陡然止步，吩咐切禿：「我忘了東西，你回去拿。」

「遵命。」切禿慢半拍問：「是甚麼東西？」

「小玉。」

「甚麼意思？」遣手搶話。

薄雲不作理會重申一遍，「聽到沒有？」

切禿傻不愣登地來回梭巡她們的臉，方折返回去。擦肩者均行色匆匆，太夫和遣手原地停留充當路障。

「你拿它幹嘛？」四周雖聒噪，遣手仍壓低聲線免得閒人聽見。

「小玉無時無刻必須跟我在一起。」

「衆目睽睽下拿著它不合禮節，要是被樓主知道你擅作主張——」

「我自有分寸。」薄雲一字一頓說。

遣手始終抵不過她，急得搓手頓腳，逕自在唸叨。

各家遊女都穿上了白無垢進行巡遊，因七彩繽紛的打掛一下子變成白茫茫一片，民間把這場面喻爲「八朔之雪」。

夾道人頭攢動，放眼望去，百姓中也不乏穿白帷子[121]的人，相信是登城致祝辭的武士。

外來客繁多，遊女因而施盡渾身解數，打扮費盡心思，有些競爭髮簪數目，有些以醒目的俎帶取悅看客。

不止是遊女吸引眼球，還有大群奇裝異服的男女傾巢而出，閃現大街上卽興表演俄狂言劇[122]。幫間[123]擬女態，藝者穿男裝，敲鑼打鼓助慶，使現場沸沸揚揚。

壓軸出場的是薄雲，人們先入爲主認爲既然稱作「太夫」，必然衣著奢華、珠光寶氣，出乎意料的是她妝容頗樸素，反倒造成強烈對比……

121—白帷子（しろかたびら）：以麻或絹製作而成的白色單衣，習慣在七夕、八朔時穿著。

122—俄狂言（にわかきょうげん）：江戶流行的卽興街頭表演，這裡指吉原遊廓三大活動之一，於八至九月舉行，幫間和藝者穿誇張的戲服到屋外表演。「狂言」是日本傳統笑劇，因「俄然在街頭演出狂言」，取名爲「俄狂言」。

123—幫間（ほうかん）：爲宴會表演助慶的男性從業員。

膚如凝脂的薄雲在道中，帶領隨從徐行，懷裡擁著一尊木雕貓。

無言勝有言，隨從都斂起笑容，保持緘默。

有異於周遭喜慶的氛圍，帶有濃厚的愁緒、纏綿的悼念，猶送葬隊伍。

主角薄雲愁眉不展，櫻唇緊閉，晶瑩的淚水滿眶，稍一不慎便垂直滑落，在臉龐留下一道忽隱忽現的淚痕。

美人落淚，般般入畫，驚艷全城。男人見之無一不動容，如見西子捧心，被迷得七葷八素，可誰又察覺到被白粉厚厚掩蓋的紅眼眶呢？

「你是穿嫁衣抑或喪服？」樓主妻劈頭就說：「著白無垢、化素妝、抱木雕貓巡遊是在送殯嗎！」

身爲賢內助的樓主妻，爲八朔一事震怒，少有地破口大罵。

薄雲屈膝坐著，語氣堅定地回應：「我只是想公開緬懷小玉。」

「那天不合適！」

「成爲太夫以來，穿甚麼一直由我自己決定，況且隨從也是靠我的收入養活，誰也沒資格干涉。」

「話不是這樣說，多少雙眼睛目睹那肅殺的情景，膽敢在大日子得罪幕府，叫三浦屋今後如何經營下去？」

「敢問一句話也沒說，如何得罪幕府？」

「你不該流眼淚！」

薄雲見樓主妻臉紅脖子粗，發現自己失言了，猶豫一下，決定積口德不反駁。

「唉，虧樓主養你育你，現在羽毛硬了就不顧我們的死活。」樓主妻黯然道：「這陣子因爲謠言生意大減，客人流向別的遊廓，你自己的人有飽飯吃，便不理睬其他妹妹的風評嗎？」

念及同一屋簷下的遊女，薄雲不無歉意。

「……對不起。」

樓主妻乘勢追擊說：「怎樣也該給個交代吧，否則幕府興師問罪，難不成把你交出去？」

薄雲被嚇唬到，「你要我的命？」

「不敢，你是生招牌，沒了你三浦屋失色不少啊。」樓主妻裝腔作勢，「木雕貓給我保管，稍後轉交寺院，若然你不滿意埋進貓塚也行。」

「保管？」聽此，薄雲的怒氣以肉眼可見的幅度上升。

「你不能分開我們！」

「我已經叫男衆把它藏起來了。」

「怎可以隨隨便便碰小玉！你們把牠藏在哪裡？」

這一聲，恐怕遊廓全體聽得清清楚楚。

「發脾氣也沒用，此事樓主也同意。」樓主妻表現非常鎮定，「回房間好好反省吧。」

薄雲本想翻箱倒櫃，尋遍遊廓每一個角落，卻遭到幽禁，像極被關進行燈部屋的小時候，甚麼都沒改變。

世人以爲她貴爲遊女之首，與眾多權貴有交情，定能呼風喚雨、無所不能。那不過是表面風流，面對淫威下，她連提出異議的機會也沒有。她漸漸懂了高尾太夫的意思，吉原不是樂園，而是一片充滿剝削的異鄉。

「太夫」壓根兒是個虛有其表的美名罷了。

是夜，無法擁抱木雕貓入睡，薄雲輾轉難眠。雖知愛貓已逝，還是寧願短暫逃離現實，醉在夢境與牠團聚。她不由自主，憶起與小玉那些溫暖的點滴。

無人能像牠不理出身，不用物質、美醜去衡量她，給她無條件付出關懷。她和小玉曾經擁有超越情慾的愛情，並非以性別框架定義，而是作爲獨一無二的「我」，全心全意需要彼此。那種海枯石爛的愛，今後不會再有了。

薄雲連灌幾壺酒，睡意闌珊……

裡。

在燈火交織的吉原，心坎那些微不足道的糾結，盡然淹沒在絢爛的彩光薄雲足不出戶期間，八朔的事被發酵至一發不可收拾的地步。

自那天起，她成了江戶中的風雲人物，其盛世美貌一傳十十傳百，吸引更多陌生客源。出席了儀式的名門望族不用說，連對岸的朝中大官也不惜千里迢迢，派飛腳[124]送信，望能一睹芳顏。

眾多紈袴子弟爲得到青睞，爭得頭崩額裂，連日大排筵席、揮金如土。指名要薄雲的揚屋差紙[125]一窩蜂飛入三浦屋，連帶遊女、藝者也受惠，生意應接不下。

三浦屋的業務蒸蒸日上，不少人花重金到遊廓消費，爲的就是製造機會見木雕貓及其主人一面。

124 飛腳（ひきゃく）：古時以派送書信和貨物爲職業的人。
125 揚屋差紙（あげやさしがみ）：客人在揚屋用以傳召遊女的文件。

巡遊以後，關於木雕貓的傳聞四起，有說薄雲之所以能成爲「江戶第一太夫」，全賴化貓的法力。恰巧近日三浦屋人流旺盛，加乘了傳聞的說服力，使同行信以爲眞，紛紛仿效，命人複製木雕貓放在門口，欲分一杯羹。

商人食髓知味，大量製作複製品，以薄雲的人氣佐證，打著招財的旗號販賣木雕貓。貪玩的觀光客把它當土產買回去，由於外型可愛，加上據說可保生意興隆，慢慢「招財貓」變得街知巷聞，家家店面幾乎有一尊。

八朔一事，幕府不但沒怪罪下來，還令三浦屋豬籠入水，這結果與預期大有不同。

見事件差不多平息，樓主勸妻子說：「既然沒事，就把小玉歸還薄雲吧，沒有它在身邊她不習慣。」

樓主妻惟恐天下不亂，城府深沉道：「若然木雕貓眞有神力，更不能白白還給她，應把它留下來鎮守我店才是。」

樓主聽了不置可否。

揚屋差紙雖堆積如山，太夫仍有選擇枕邊人的權利。這陣子，薄雲限制與人接觸，除了必需要的會客外，整日躲在房間拒絕露面，唯獨照料起居的切禿能進出。

沒點燃蠟燭的室內，僅有陽光穿透紙窗照射入來。太夫窩在布團動也不動，連吃飯的樣子也甚少讓人看見。切禿每每放下膳台便出去，待會再回來收集食器。

某天，寡言少語的太夫對切禿坦白。

「昨晚我夢見小玉……」薄雲嗓音沙啞，似乎久未使用聲帶。

切禿這透明人瞬間有了色彩，「牠顯靈啦！來報夢？」

「牠找我說話，在夢裡，牠懂得說人話……」薄雲擺出憔悴的臉容。

「說了甚麼？」

「是他們，是他們殺了牠……」她語焉不詳說。

切禿狐疑地問：「你指浪人嗎？」

薄雲著了魔似兩眼渙散，回答：「不，是樓主。」

切禿咋舌。

「小玉告訴我那浪人並非路過，而是有備而來，他受僱於樓主，樓主叫他在花見大會看準時機動手，因爲他們知道小玉一定跟蹤我出行……」薄雲語次混亂地訴說著。

切禿理理思路，問：「爲何要剷除牠？」

「他們覺得小玉礙事，還有報復我不聽話……」

「意思是樓主早有預謀？那小玉怎樣知道的？」

「牠偷聽樓主和夫人聊天，他們不知道隔牆有耳，說花那麼多錢栽培我，到頭來是賠錢貨，是她叫樓主下的毒手。小玉很冤枉，一直罵他們心腸毒辣，勸我快點離開這裡！」薄雲愈說愈激動，淚流滿面。

切禿輕撫瑟瑟發抖的太夫，尋思。近日姐姐精神狀態不佳，說不定此番話只是一廂情願的妄想。但她對之深信不疑，實在難以判定孰真孰假。可惜浪人不知所終，魑魅魍魎等迷信之說又沒法輕易取信於人。切禿暗自神傷，也許一切已成定局。

丑時，房內殘燭晃動，光將盡。客人正酣寢，忽爾一陣怪風吹拂猝醒。他撐開眼皮，在回味春宵，朦朦朧朧環射四周，乍覺不見薄雲太夫，遂披衣而起。

客人打開障子，外面靜悄悄，一向守候至天明的遊女亦不見蹤影。心中訝異，沿迂迴的走廊探索，眼尾掃向座敷，登時一怔。

那裡杯盤狼藉，遺留下宴會的殘骸，散席後本應無人，卻傳出窸窸窣窣的怪響。探首，則見一遊女鬼鬼祟祟的蹲身角隅。

客人反覆回想，記憶中那身裝束是屬於薄雲的，頓時放下心頭大石。他不虞有詐從後攬緊太夫，欲與她纏綿，豈料甜言蜜語未出口，視線越過胳膊，看見她捧著一根長條狀物體，有毛、有趾頭……

刹那身體涼了半截，媽的，居然是人的小腿！

「嘩呀！」客人彈開幾丈遠，面青口唇白。

被逮個正著的太夫緩緩站起來，拋下有咬痕的小腿，並以一個刁鑽的角度扭頭回視。

在那陰柔的女性胴體上，居然頂著毛茸茸的貓頭顱！

「不可能……」客人縮頸股慄，那不可能是他迷戀的女人！

貓頭人身的太夫出其不備，張開血盆大口，害他吐了個底朝天，昏倒過去。

「太……夫……太夫！」

薄雲赫然甦醒，看見遣手惴惴不安的表情，在其背後站著樓主，他正經八百地回望著她。

「你們怎麼了？」薄雲神經兮兮問。

「這是我的對白，你爲何睡在這種地方？」遣手反問。

環顧四週，他們身處一樓的大廣間。

「累了找地方休息，不小心睡著……」薄雲起身，意識仍然迷糊。

仔細看，樓主身後還有一群遊女在竊竊私語，令薄雲大惑不解。細心的遣手從微動作洞察到她的疑慮，率先解答。

「昨晚的客人聲稱你變成化貓，還吃人肉，嚇到暈厥了，醒來後魂不附體跑掉，說不會再光顧。」

「……我？」

「你整夜甚麼也沒做吧？」樓主嚴肅地問。

薄雲一臉無辜點頭。

「眞是大驚小怪。」遊女當中一人不識相插嘴，「恕我直言，那客人說的小腿斷肢到底在哪裡？找了半天，不是只有啃過幾口的煨番薯嘛。我想，那傢伙不是老眼昏花就是瘋子，不來也罷！」

衆人面面相覷，均認同這是沉悶日常裡的小插曲，過幾天就會忘記。

沒想到，奇異的事不但沒消停，還接踵而來……

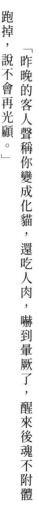

一天，留下過夜的客人肚餓，想叫禿拿點食物，可走廊上空無一人。無可奈何，他打算下樓找人，不料遊廓錯綜複雜，良久仍找不著梯子，完全迷失方向。

倏地，客人目睹轉角一盞行燈[126]投下不規則的影子。他虎軀一震，壯起膽子扶牆壁窺看——發現薄雲太夫俯伏在地，將頭伸入大開的行燈，伸長舌頭舔火皿[127]裡的鰯油[128]。

毛骨竦然的感覺襲來，客人想逃之夭夭，不幸腳下地板嘰嘎一聲，打草驚蛇。太夫縮回舌頭，爬起來，正面轉向他，是一張猙獰的貓臉！

客人暗叫不妙，但沒有喘息的餘地，貓頭人身的太夫霍地撲上來！他後退一踉蹌，消失的梯子驟然出現，他就如蹴鞠滾下去……

126—行燈（あんどん）：日本傳統照明工具，通常爲四方立體，席地擺放或在桌面，套上和紙製的燈罩，裡面有油皿。
127—火皿（ひざら）：又稱油皿，用來承托火種的小碟。
128—鰯油（いわしゆ）：鰯即沙丁魚，以前日本多用魚油作行燈的燃料。

接二連三發生詭異事件，民間遂流傳小玉本身就是化貓，薄雲借助牠的法力登上太夫寶座後，靈魂遭到反噬，因此才會半夜出沒，變成「化貓太夫」到處作惡。

又有稱小玉之所以夜間徘徊，是爲了找出殺害自己的浪人。

另有猜測，薄雲被小玉的冤魂上身，因牠護主心切，白晝披著人皮照常生活，一旦過了子時便露出眞面目，懲罰那些見異思遷的負心漢。

上述駭人聽聞的故事不脛而走，使三浦屋紅紅火火的事業再一次掉落低谷。以訛傳訛停不下來，客人一去不復返，令樓主頭痛欲裂。

「此事你也是眞的不知情？」樓主惱怒問。

薄雲抖唇瓣，閃爍其詞：「不知……我一直在睡覺……」

「你不是失眠病？哪有這麼多覺可睡？」

「睡不著也得睡，小玉會來夢中找我……牠跟我講很多話……說自己死不瞑目，要報仇……」

聽狀，樓主臉一陣青一陣白，「找到浪人又如何，把他宰了？」

薄雲捏手絹，眼白布滿血絲望向對座的人，「不……小玉要找的對象……是你……」

樓主拍案而起，「胡謅，竟敢含血噴人！來人，把她關起來。只要囚禁你，晚上就不能四處遊蕩搞事情吧！」

遣手按捺不住衝出來求情，「大人請三思，她體弱受不了！」

樓主氣上心頭失了理智，怒斥：「如果能換取三浦屋的安寧，將她憋死在黑房裡也在所不惜！」

該晚，一名男衆受指派通宵達旦把守行燈部屋，不容薄雲離開半步。他抱著打刀[129]坐地，背靠門，臉朝外，一眼關七察看遊廓內的異動。也許是過分安靜的緣故，他無法抑止胡思亂想，深不見底的黑夜更是使人抓狂。

擊柝聲響，觸發了心悸，男衆如坐針氈豎耳朵，聆聽有何風吹草動。

月暈而風，夜色吹進洞開的窗戶，把夏草的露汗潑向他。他抹一把額角的冷汗，寒毛直立，嚥下濃稠的口水。

叮叮噹噹……

不覺間，一股潮濕的霧氣悄然滲入，室內霧靄瀰漫浮現出遊女的輪廓，愚笨的男衆沒留意到一瞬即逝的剪影。他提心弔膽，驟覺鬼影幢幢，凝眸。

果不其然，化貓太夫破霧現身在眼前，嚇得他忘記了呼吸。

男衆拔足就跑，淺睡者皆被那巨大的足音震醒。

129 一打刀（うちがたな）：武士主流使用的日本刀。

「大……大、大事不妙！」

樓主拉開障子，「吵死了，有屁快放！」

「薄、薄雲眞是化貓，她的臉變成小、小玉！」男衆支支吾吾向他匯報。

「混帳！不是叫你好好看守嗎？」

「我沒走開，但她似乎懂法術逃了出來……」

樓主沒心情廢話，一咬牙拿起枕邊的刀出去迎戰。

與此同時，化貓如入無人之境，在二樓走廊上横行，大刺刺地任憑探頭出戶的人目擊。

倏忽傳出急促的上樓聲，牠傲慢地站定在座敷，等待樓主帶同男衆一起出現。

樓主第一次看見化貓的眞身，微愕，定定神，馬上拔刀出擊。

化貓早知對方有備而來，敏捷地避開揮下的刀，繞到背面，順勢將手反剪逼他繳械。

「啊……放手！」樓主的老骨頭受不了折騰，在大叫大嚷。

「殺我一次不夠，還想殺第二次？」

化貓咧開嘴角，露出兩枚獠牙，把樓主撂倒在地，然後用蠻力折斷了刀。無用武之地的男衆只能當拐杖，扶起撐眉努眼的樓主。

「你、你佔用薄雲的身體想幹嘛？」

「沒記錯的話，樓主說過『把她憋死也在所不惜』，你眞的在乎她的身體嗎？」化貓回嗆。

樓主厚著臉皮答：「當然，她是我們三浦屋的人！」

化貓仰天大笑，「人？這遊廓裡生而爲女的全是死物，不是嗎？不過是用完卽棄的生財工具而已，何必緊張。」

「胡……胡說八道！」樓主青筋暴現。

化貓不畏言續道：「我家主人多年來在三浦屋做牛做馬，爲你賣命，除了令她負債你付出過甚麼？」牠怒懟他，「你不把我當東西，我還能理解，但竟然不把她當人看。不止如此，還消費我，以這隻你們處心積慮殺害的貓，來謀取暴利。所有生命在這座虛無的遊廓城，都是玩具，都是你的搖錢樹！」

面對圍觀的群衆壓力，樓主如受千夫所指，汗出如瀋，毫無顏面可言。

「……怎樣做你才肯原諒我？」樓主冀求息事寧人。

化貓殺氣騰騰地，「殺貓者禍延七代子孫，我要你成爲三浦屋最後一代傳人！」

「這！」樓主慫了，「你……你要我怎麼做才放過我？提個條件吧。」

姍姍來遲的樓主妻登樓，叫旁觀的人和她一起做土下座[130]求饒：

「求求化貓大人放過我們吧！」

「呸，我對人類的禮節沒興趣。」

化貓目光如炬，背著手踱步。

「這樣吧，只要讓薄雲出家爲尼，將身心奉獻給神明，日日打齋祈禱，那麼我便不再騷擾你們。除此之外，要是你們世世代代供奉我的木雕像，我還會當守護神，幫三浦屋招生意。假如不從，我就繼續詛咒這兒，直至變成鬧鬼大宅！」

化貓的口氣不容置喙，爲恢復安寧，樓主逼不得已接受了條件。

「小玉！小玉！」

130 土下座（どげざ）：日本禮儀的一種，在向對方表示最大敬意，或者表達極大歉意時，才會使用的最高級別敬禮。

突然，薄雲太夫的聲線響起。在場者均嚇呆，化貓不是附在薄雲身上嗎？

化貓回首，以琉璃般澄澈的眼眸，與趕到現場的薄雲四目相交。

「今晚你怎麼沒來夢裡？我一直在等你！」

薄雲剛從行燈部屋出來，有氣無力地質問小玉，完全沒被牠現在的外表嚇到。

「主人，今後你我是眞的陰陽相隔了。」化貓一副泫然欲哭的表情，向她鞠躬，「感謝你的恩情，來世再會，保重。」

薄雲感激語塞，半晌，化貓斷開繾綣的視線，憑空消失在霧氣中……

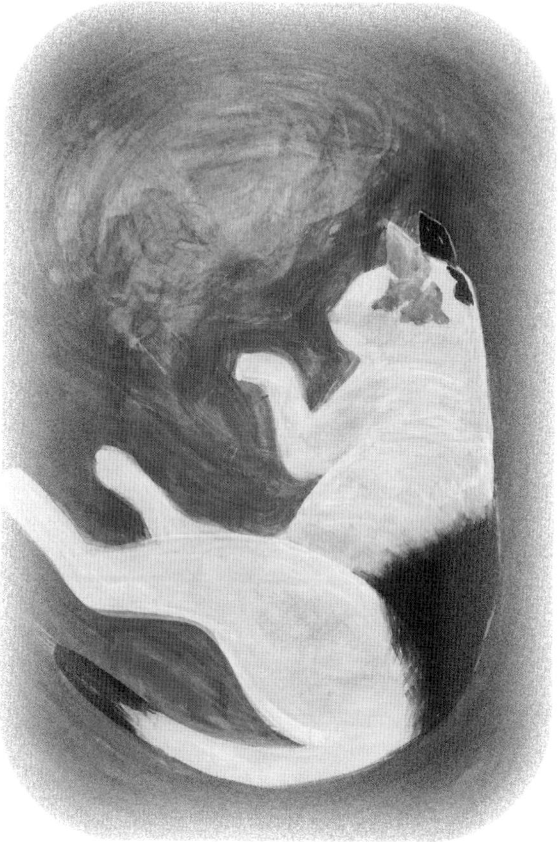

六、星星

銅製的仙鶴懸掛在簷篷下，與五花八門的燈籠比鄰，左搖右晃，彷彿在預備振翼，翺翔一片海闊天空。

故事到尾聲，阿禿也吃光了茶漬飯，用袖子擦拭嘴巴，問：「所以樓主把木雕貓放在荒神棚，就是爲了遵守和化貓的約定？」

遊女依然眺覽著燈火通明的風景，娓娓道來。

「對，當年樓主夫人爲了不讓薄雲找到木雕貓，把它綁在屋樑上，就是小玉奶貓被發現時的那根樑子，其後爲了供奉在店門口才拿下來。」

「結果呢，化貓有沒有再出現？」

「沒有。」遊女笑言，「不然遊廓如何經營下去呀。」

阿禿揉揉心口，看來和其他同齡孩子一樣怕黑怕鬼。

「這麼輕易就放過樓主？不是有深仇大恨嗎？」

「從一開始小玉的意圖就不是報仇，那只是用來逼迫樓主屈服的手段。牠的目的是要脅他解放薄雲，那不是一件易事，畢竟她是遊廓的主心骨，若不是有重大危機，下不了這個決心。」

阿禿似懂非懂，又問：「那薄雲太夫呢？」

「後來她按照化貓的指示，獨自踏上全國寺院巡禮的路途。我記得最後一天，姐姐穿上莊嚴神聖的白無垢，逍遙離開三浦屋，一塵不染。」

遊女縱目，那時的光景仍歷歷在目。

「爲何小玉要主人出家爲尼？」

遊女笑她參不透，「不過是藉口，明面上要她到寺院祈福，出了吉原之後，根本無人知道她的眞實去向。」

阿禿以拳擊掌，「所以她重獲自由了！」

「是的，不是作爲『女人』，而是作爲『貓』，離開了吉原。」

遊女心潮起伏，凝重地說：

「可是在這廣大的遊廓城，尚有成千上萬的靈魂被囚禁著，等待刑滿釋放。我之所以告訴你這個故事，是想你知道，終有一天，你也可以……」

曲阪長堤起晚埃，無人不道觀燈回。
黃昏火點家家樹，一夕秋風花盡開。[131]

遊女似乎有所覺，持續以深邃的眼睛，張望滿城火樹銀花，盤算著。

「差不多是時候了……」她呢喃。

阿禿沒把話聽進去，只顧手忙腳亂地收拾餐具，「對，客人應該快到達了。」

她一抬頭，瞧見窗外。

「咦？外面的燈火好像更旺盛了……不像是燈籠節[132]的裝飾耶。」

「是嗎。」遊女淡然道。

131—《北里歌》市河寬齋，漢詩。

132—這裡指的是「玉菊燈籠」（たまぎくどうろう）：玉菊是才色兼備的太夫，可惜因過分飲酒早逝，後爲紀念她，各家遊廓都在盂蘭盆節掛燈籠，自此每逢到七月，人們便去賞燈，成了吉原三大活動之一。

阿禿拉她的胳膊，「姐姐！你有沒有嗅到燒焦的味道？會不會是火事[133]？火消[134]都出動了，看上去很嚴重啊！怎會那麼多地方一次過起火呢？」

障子外，傳來人們亂竄狂奔的聲音。

「此地不宜久留，我們也逃走吧！」阿禿驚叫。

「好。」

阿禿倉皇失措，第一時間跑出座敷。

落在後頭的遊女沒有立即逃生，她掃視室內，稍頃，面魔羅地推倒了燭台。

火一下子延燒到布團、屏風，不一會釀成火海。

她不以爲意步出房間，慎重地關閉障子，然後雅步自若離開三浦屋。

133—火事（かじ）：卽火災。由於人口多長屋密集，居住環境擠逼，加上木造建築等種種原因，令江戶成爲數一數二的火災都市。吉原同樣多災多難，有時是意外失火，有時則是遊女縱火。

134—火消（ひけし）：江戶時代的滅火隊。

貓系男子

午後陽光透過窗玻璃，投射到靜靜埋頭閱讀的林逸卿臉上。

仔細觀瞧，能看見琥珀色的眸子裡，瞳孔擴大了一圈，是好徵兆。

根古一生邊逗橘貓，邊用餘光瞥看對座——林逸卿的服飾統一爲淨色，黑色連帽衫、卡其色長褲、小白鞋，走極簡風但單品質量高，絕非胡亂搭配。大概是膚白的緣故，給人印象乾淨，遙望亦能感受到撲面而來的文青氣息。儘管長著一張厭世臉，可舉手投足處處流露隨性、慵懶，未至於過度高冷。

佐以口是心非、相處總保持距離感的性情。沒錯，眞的很相似……

根古暗地裡想，這大學生果然很像一隻傲慢的貓呀！

無從得知教授的腦洞，林逸卿聚精會神，一手操作手提電腦的觸控板，另一手指甲輪流敲桌面打節拍，目不轉睛看屏幕。

半晌，他總算脫離沉思狀態，願意施捨丁點眼光給對面。

「看完了。」林逸卿聲線有點嘶啞，清清喉嚨說。

「怎麼樣？」根古滿懷期待。

「挺好的。」

「還有呢？」

「……就這樣。」

一時之間，根古的言詞乾涸了，任誰聽見此「三字經」格式的對話只會失笑、無語。

在教授絞盡腦汁組織詞彙時，錯過了林逸卿抓耳搔腮的小動作，他在設法爲自己降溫。此刻的寡默，全因不善辭令。說實在，林逸卿感到很意外，沒想過像根古那般少根筋的人，能寫出如此充滿人文關懷的作品。

「爲何會寫招財貓的故事？」也許認爲表現得太不近人情，或是純粹好奇，林逸卿一反常態主動問。

一個眼神彷彿給了他萬般肯定，根古又恢復神氣。

「這故事書的對象是香港讀者，因此想描寫身近的東西。我想了好久，除了壽司與動漫外，在地扎根最深的日本文化莫過於招財貓。喜歡吉利的香港人和人見人愛的貓咪，不覺得絕頂匹配嗎？它簡直是有史以來，將兩地文化融合得最成功的例子！」

凝望著根古滔滔不絕的樣子，不消一秒鐘，林逸卿便破功，這教授未免太沒架子了吧。

「我喜歡你這個故事。」

林逸卿簡單明瞭坦言，一句不經修飾、直率的話，往往最能打動人心。

聽狀，根古喜上眉梢。

「其實更早以前，我已有過念頭，想描寫江戶吉原風光背後的故事。」

彷彿解開了鬱結，林逸卿扭作一團的眉毛舒展開來，「昔日的遊女大概無法預料，那麼多年過去，居然還有人爲她們發聲。」

「鑑古知今嘛，就當作是遊女供養。何況，時刻警惕才能避免再犯。」根古朗然道：「書出版以後，我會讓女兒從頭到尾好好讀完。」

林逸卿一瞠目，硬生生將眼睛睜成雙眼皮，「她多大，根本看不懂吧！」

「現在不懂沒關係，總有一天會懂的。」

被忽略已久的橘貓爲找存在感，旁若無人地把臀部抬高，逼使根古的手忙著拍拍，閒不下來。

時間不早，根古親自起來到門口送客，猛地林逸卿腳下急煞車，一轉身，以結實的身板擋住去路。

「對了，方才的酬勞還未到手呢。」林逸卿單邊挑眉，直盯著他。

「哦……酬勞，對對對，差點忘記了！」作賊心虛的根古，綻開貌似人畜無害的笑容，「待會兒馬上叫編輯把你的名字加到版權頁上，你要甚麼名銜？顧問？還是，你下學期有甚麼感興趣的科目，我替你美言兩句，說不定不用那麼辛苦搶科——」

林逸卿眉際掠過一絲陰雲，「你在跟我開玩笑？」

「那麼，再給你額外特典。」根古舉起一根食指，厚顏地說：「下部作品我會讓你繼續做第一號讀者的，很棒吧！」

瀕臨崩潰的林逸卿扶著額，心想，還以爲今次終於能存錢買黑膠唱片機，又被套路了，果然和這貓痴教授八字不合！

〔完〕

「在這廣大的遊廓城，尚有成千上萬的靈魂被
囚禁著，等待刑滿釋放。我之所以告訴你這個
故事，是想你知道，終有一天，你也可以……」

【後記】

哈囉，我是柏菲思！

感謝大家拿起本書，還有願意閱讀這篇後記。

以往我很少為作品意念解釋太多，總覺得該讓作品自己說話。假若作者發自內心、真心誠意寫出來，讀者必然感受到其中的深意。可今次與計劃提案者A.P. 聊了不少後，被勸說應把創作時的所思所想記錄下來，提供另一個角度，使讀者有機會瞭解作者想法。因此鼓起勇氣，把背後的思緒闡述出來，希望各位不嫌我嘮叨。

開初，此計劃原意是做有關日本古代貓故事的繪本，既能讓讀者擼貓娛樂一下，亦能認識日本文化。可進行之中，希望能深化故事內容，透過文字表達更多概念，於是A.P. 找了我構思。題目是「招財貓」的由來。

關於「招財貓」，日本各地有許多傳說，後來從中挑選了爲人熟知的「巢鴨西方寺起源說」作主軸。傳說是這樣的——

江戸吉原有一間三浦屋，住了一位愛貓成狂的薄雲太夫。她養了隻三色貓，名喚「玉」，非常疼愛牠。有天，當薄雲前往如廁時，玉追著她的衣襬不放。見狀樓主拔刀把玉的頭斬下來，其後驚覺牠嘴裡咬著一條大蛇，才真相大白。客人為安慰痛失愛貓的薄雲，贈送了玉的木雕像。因薄雲時常攜帶著這木雕貓，同行開始模仿做貓擺設，相傳此乃「招財貓」之原型。薄雲離世後，這木雕貓像保存在西方寺，可最終被一場大火燒燬。後世為了作紀念，在重建的寺院立了一根門柱，上面有招財貓的肖像。

參照這個起源說，並就江戶時代做大量資料搜集後，不知不覺間對吉原產生了濃厚興趣。那兒某程度上是一個停滯、扭曲的空間，有別於江戶城，有著獨自的規矩和生活方式。放在香港，就是類似九龍城寨的存在。當中，尤其女性權益受到嚴重剝削的部分，吸引了我的關注。因花街盛行，貧民的女兒被賣到遊廓、農家女被拐走一去不回的事頻生，吉原成了人口販賣的重鎮之一。在三不管的法外之地，女性無法自由戀愛，甚至不可以踏出房間一步。如果逃走被抓回來的話，別以爲人們會憐香惜玉，輕則被迫免費提供性服務作爲懲罰，重則遭毒打致死。而過了壯年的未婚者，不是流落街頭，便是留下來培養遊女，噩夢輪迴。她們終生離不開吉原，每一個都是受害者。

歷史上經歷過種種事件，如大火遊女慘死、賣春防止法實施、拆卸遊廓，風光一時的吉原已經形骸俱失，可至今一帶仍會定期舉辦「遊女供養」活動，目的是安撫歷年的冤魂。

生爲女性，向來重視性別議題的我，試著把「招財貓」以及「遊女」同樣被視作「搖錢樹」的特質串連起來，配合「化貓遊女」、「貓又」（即「貓股」）等民間怪談，對原來的故事作出大幅度改編。爲了表達一種傳承，將故事分成三個階段，主角分別設定爲年長的「遊女」、「太夫」和年幼的「禿」，以加強宿命感，還有女性代代扶持、爭取自由、擺脫枷鎖的印象；並按照禿前中後期的髮型轉變，以分辨角色及交代時間轉移。

當然，任何東西也有兩面，那靡爛卻絢麗的年代，同時誕生了許多美好的事物。

由於人們對遊女的素養要求甚高，進入吉原的少女大多自小習字、練舞、學樂器，其中必須符合琴、棋、書、畫樣樣精通，才能升格爲太夫。

在遊廓，秀外慧中的女子備受尊敬，是古代鮮有鼓勵女性受教育的場所。舉例說，時人將女性懂得修理時鐘視爲美德，可見對其知識水平有所追求。爲此，在崇優的風氣中，不同文化湧入交流，各方造詣登峰造極，令歌舞伎和浮世繪等偉大藝術得以發展。而大量詩詞歌賦也透過誦讀、書寫廣泛傳播。

在這背景之下，我動筆遇上的第一個難題，便是如何以中文書寫那時代的氛圍？終日苦惱，該用甚麼方法突顯「和風」，牽起懷古的情懷呢？

首先，我選擇性使用了日文漢字，雖然有可以用以取代的中文詞彙，但那樣通篇讀起來會少了點味道。其次，加插江戶風行的唐詩，有些則以日本人寫的漢詩來襯托。一方面藉此介紹漢詩給大家認識，另一方面，文中每首詩的配置亦有其用意，譬如最尾登場的《北里歌》，既描寫觀燈，亦暗指女性渴望解放的那團火生生不息。此外，也有因找不到合適的詩歌，於是乾脆自己動手，配合文化融和的本作主旨，試著把中文套入和歌格式，寫成《太夫道中》（p.36）一首，乃實驗性質。

創作時另一個掙扎點，就是事物出現的先後次序。

由於全文用了不少傳統藝術、習俗作爲意象，好像劍山、心中物、玉菊燈籠，縱然寫作時盡量考究其興起時序，可當要將故事說得更完整，有時候不得不在「意境先行」抑或「現實先行」兩者之間取捨。文中出現的「俄狂言」，在前期的吉原文獻中未見記載，但由於藝者和幫間表演時有變裝，想借其男女顛倒的形象，進一步表達打破性別定型的含義，最終決定把它加進去。如上，這種坎一旦過不去，便會寸步難行，糾纏一段長時間作腦內搏鬥。

完成稿件後，編輯又提出一些意見，認爲講述吉原故事不免和讀者的現實生活產生距離，建議加入現代情節增加投入度。於是加寫了前後兩章有別於正

篇的導入、導出，把人物設計爲身近的存在——教授和大學生；國籍一個爲居港多年的日本人，另一個爲土生土長的香港人；而配合「貓」主題，把人物特徵定爲「貓教授」和「貓系男子」；性別設定爲男性，是寄望無分性別亦能關注女性權益。

就是這樣，作品終於大功告成！

明明已經說了很多，依然有不少地方無法徹底解釋，實在是千言萬語說不清啊……唯有留待日後有機會再分享，具耐性的讀者可以多看幾遍發掘一下彩蛋。

最後，這部作品單憑一己之力絕對無法完成，衷心感謝玉田誠老師與魏綺珊小姐爲拙作撰寫解說和推薦序，也多謝每位提供協助的人。期望此書能傳遞到更多讀者手中，長存於人們心裡。愛你們唷。

柏菲思

猫教授の物語帳——
三浦屋の玉ちゃん

猫教授之故事帳——
三浦屋的小玉

作者——柏菲思
譯者——A.P.
插圖——A.P.
編輯——阿丁 Ding
設計——阿丁 Ding
協力——Mari Chiu
出版——格子盒作室 gezi workstation
郵寄地址：香港中環皇后大道中 70 號卡佛大廈 1104 室
網店：{格子本店} gezistore.ecwid.com
IG：www.instagram.com/gezi_workstation
臉書：www.facebook.com/gezibooks
電郵：gezi.workstation@gmail.com
發行——一代匯集
聯絡地址：九龍旺角塘尾道 64 號龍駒企業大廈 10B&D 室
電話：2783-8102
傳真：2396-0050
承印——美雅印刷製本有限公司
出版日期——二〇二三年七月（初版）
國際書號——ISBN 978-988-75725-7-2